U0108229

簡明易讀 易學 認識客語漢字

輕鬆讀客語

Reading Hakka Made Easy

世界民間故事篇

World Folktales in Hakka

● 黃瑞循 譯著 Ruey-Shiun Hwang

● 蘇清守 審訂 Ching-Shoou Su

客語的 Bo(ㄅ)，Po(ㄆ)，Mo(ㄇ)，Fo(ㄈ)，Vo

大陸書店

客語故事 別開天地

黃著《輕鬆讀客語：世界民間故事篇》讀後

瑞循兄早年師範畢業，擔任山區小學教師，服務期滿考上台大外文系，再轉入商學系，畢業後在兩岸及世界各國經商有成，退休後仍繼續在美國修得人文和教育碩士雙學位。他具有世界觀、台灣情和客家心，以其學術背景、教學經歷和生活體驗，從事本書的寫作可說適才適所、勝任愉快而成果豐碩。

瑞循兄以自然流利的客語翻譯暨改寫各國民間故事、寓言和哲思格言，取材廣泛多元，內容兼容並包：外國有美、英、法、俄、日、印度、阿拉伯、土耳其；本國有宋代 包公審案，明代《中山狼》、鄉間傳說等等。各個篇章都深含教育意義和普世價值。具有可讀性、趣味性和啟發性。讀之讓人增廣見聞、開拓眼界、擴大胸懷，並促進想像力、創造力和角色取替能力。例如：《賢孝》中的兒子有樣學樣，是楷模學習的範本；《阿坤救難》是好心有好報，結成美滿姻緣的應證；《東郭先生和狼》可以學到設身處地、換位思考的能力；《一打就七隻》提醒歪打正著、傻人有傻福的可能；《阿雪妹》喚起辨別忠奸，避凶趨吉的警覺；《屠夫遇狼》教人如何急中生智、解脫困境；《報冤仇》顯示讀書增智、文盲粗魯的對比效果；《辛苦賺來个錢無共樣》勸戒坐吃山崩的道理，指引勤儉致富的途徑。《阿坤伯个山羊》彰顯自由與安全價值觀的兩難抉擇等等。確實篇篇精采、引人入勝、值得玩味。

語文的學習與應用，包括聽、說、讀、寫和創作。國、閩、客語都傳承自古漢語，客字就是漢字，客語保留很多古漢語的單音詞、入聲韻尾ㄅ、ㄉ、ㄍ和合口音ㄇ，所以客語的推廣就是中華文化的傳揚。根據認知心理學的研究，漢字的傳輸識別速度遠勝拼音文字，而且形象視覺能夠激活右腦的功能。因此，漢字與漢音的同時學習，對於促進全腦的均衡發展極為有利。目前國民小學一年級國語課前幾週教注音符號，之後就開始教國字(漢字)。採用注音符號拼寫不會寫的國字，只是階段性的作法。漢字的特點和優勢是形象帶音義，由於受到太多同音字的限制，不能用表音的英語加以取代。本書前面幾篇較多以英語拼寫的語詞，其後逐漸增加漢字出現的頻率，而且每篇的註解欄，均有客語漢字的通用寫法和精確釋義，這是權宜又兼顧的作法，顯見作者的用心和苦心。

本書對於連音與音變規則的運用，特別重視，這是其他書籍所忽略的，即使若干客語辭典在卷頭作了條列式的說明，也無本書這麼詳盡清晰。就作者而言，只是語言學者的本分，但對讀者而言，則能增進發音的順暢流利，悅耳動聽，並呈現出客語的優美與親和性。

客語的拼音方式極為多元，專家學者的主張見仁見智，即使政府公布的方案也曾反覆，向來即是使用者疑惑和困擾的所在。若採用民初公布的國語注音符號(含万、兀)拼寫，不但足夠應用，且為國人所熟悉。可是對於海外華人和外國人來說未必合用。為與世界接軌，教育部爰於民國98年公布，101年修訂發布《台灣客家語拼音方案》，作爲客語認證考試的拼音標準和客語薪傳師教學的依據。然而這套羅馬字的拼音，對於英語背景的使用者卻不習慣。舉例而言：注音符號「ㄐㄑㄒ」，漢語拼音和客語四縣腔拼音均爲「j q x」，國人並不熟悉；中正路的「中」，漢語拼音爲「zhong」，不若注音符號的「ㄓㄨㄥ」和客語拼音的「zhung」正確；再如海陸腔和大埔腔共用「zh ch sh rh」，但實際發音卻有差別，且與國語捲舌音的「ㄓ ㄔ ㄕ ㄖ」不同。

瑞循兄兼具英語和客語的專長，爲幫助英語常用者能夠輕鬆學習客語，乃另闢蹊徑，苦心孤詣創立《簡明客語拼音系統》。在多元拼音並立競逐，尚無實驗判定優劣的情勢下，英語拼音具有存在與實用的價值，應予尊重和肯定。例如台北市的「市」，客語拼音四縣腔爲「sii」，簡明客語拼音四縣腔爲「Ss」，究竟何者簡易方便，且讓使用者各就專長喜愛，自由採擇爲佳。客諺說「百貨有百客，伯姆有大伯」，即是此理。殊途同歸，達成推廣客語、復興客語的共同目的才最爲重要。

國內都市道路路標，高鐵跑馬燈字幕的外語拼寫均未標注調號，外國人認讀起來不成問題。但以國人學習方塊漢字而言，須兼顧形、音、義，標音也要兼顧聲、韻、調。所以《台灣客家語拼音方案》不論是四縣腔、海陸腔、大埔腔、饒平腔或詔安腔，均標明調號。客語認證考試時規定要注本調，在語文競賽時，演說和朗讀的評分標準，語音 (發音、語調、語氣) 分別占了 40% 和 45%，講究字正腔圓，音調的抑揚頓挫和鏗鏘有力。前面提過，每一種拼音系統都非至善完美，本書作者認爲讀者可按照語文脈絡確定拼音字的聲調，所以英語拼音未註調號。我們可以理解接納，不過，讀者閱讀故事時，若能與客語拼音方案，同時參酌並用，則所獲效益，必然更多更大。

國民中小學課程綱要中的「本國語文」科包括國語文、閩南語文、客家語文和原住民語文。客家語在國小列爲每週一節的選修課，業已實施多年。只可惜除了課本以外，有關客語的課外讀物實在太少，本書的問世，不敢說是荒漠甘泉，至少也是秋霖夜雨，在爲客語教材拋灑寶貴的肥料、補充欠缺的養分。

順便藉此建議，對於 (一) 加強進行新興外來語的漢譯工作，(二) 解決客語漢字在電腦及手機上的傳輸問題 (例如漢字字庫數不足，且無法打出表「我」之「𠊎」、表「我的」之「个」、表「我們」之「偲」)，亟需相關主管機關的重視處理。在客家語已經政府立法成爲國家語言的今日，大家齊心奮力，加緊腳步，積極推廣，則作爲漢語支流的客語必能加速傳揚光大。

瑞循兄與我早年出身和經歷相似，退休後都不計代價、奮勉著書，爲奉獻客語的同道新知。彼此心念契合，時常電郵切磋補益，故樂於寫序力薦。

前臺灣師範大學教授 蘇清守 博士

民國 109 年 12 月 25 日於台北市

客語是我的母語，也是超過四百萬台灣人的母語，然而，在學校裡他們只學讀和寫華語，以致有許多年輕客家人連母語都說得不流利，更別提可以讀寫母語。四十年來我從事國際貿易，用的是華語與英語，當我退休後進入紐約市立大學研究所，我開始思考如何在台灣活化客語。

我很幸運的在學校遇到一位有經驗的語言學家夏普誼博士，他一步一步地指導我建立一個客語拼音字母書寫系統「簡明客語拼音系統」，我在 2019 年出版的「輕鬆寫客語：簡明客語拼音系統的介紹與練習」一書中曾詳加介紹。為證明這個系統簡單易行，同時也用來給年輕讀者介紹外國文學，我把世界民間故事用客語改寫，完成「輕鬆讀客語：世界民間故事篇」一書。

我很榮幸能獲得夏普誼博士的序言。夏普誼博士精通英語、法語、德語、西班牙語及現代希臘語。他研究世界各地不同語言包括混和語的結構，對於為不同的混和語建立書寫系統所遇到的困難非常熟悉。在他的指導下，我才能解決客語讀寫的關鍵問題。他對於客語發音與音系學上的處理，提供我更有信心的研究一套簡單清楚的方法，以解決那些在華語不存在的客語發音問題。謝謝夏普誼博士的隆情相助，也謝謝他的指導，使客語使用者現在有了一套簡單容易的方法來讀寫他們自己的語言。

--- 譯著者

夏普誼 博士 序

黃瑞循剛在 2019 年 9 月出版「輕鬆寫客語」一書，在書中，他提出以英語字母拼音來補足華語漢字所沒有的客語發音。現在黃先生出版「輕鬆讀客語：世界民間故事篇」一書，讓說客語的人不但有一個容易使用的系統可以讀和寫他們的語言，同時還有一本以其創新與實用的方法記錄他們的語言的書來練習客語。

只有少數一些說客語的人像黃先生那樣熱愛他們的語言。黃先生對客語有無限熱情，而且十分熱心的鼓勵年輕的語言使用者經常使用客語以保存客語。目前世界上每年都有許多還在使用的語言消失中，所以，保存所有還在使用中的語言這項必要的努力變得十分重要。語言不僅僅是溝通的工具，同時也是文化與生活方式的載具。

活化語言更好的方法，是提供生活在這個世界的年輕語言使用者一個更為寬廣的視野，並在全人類家庭中讓他們看見不同的文化。黃瑞循曾在不同的國家如非洲的象牙海岸和美國居住過，他在日本統治時期出生在台灣，他曾在世界各地做業務旅行，因此，他接觸過許多不同的語言、氣候和生活方式，他能說法語和英語。儘管他一直維繫著原鄉文化，他更張開眼睛觀察其他國家文化，而在這本新書裡，他也提供給年輕讀者同樣觀察其他國家文化的機會。

我們對自己生活中的文化要非常忠誠，但張開眼睛看看其他國家文化也非常重要。

我認識黃先生將近十年，常被他的幹勁、他對這個世界的關注、以及他對家庭、故鄉及傳統的熱愛，感到印象深刻並深受激勵。

這本書的許多民間故事帶你到不同的國外地方，從台灣到土耳其，從俄羅斯到法國，從美國到日本，以及從阿拉伯世界到中國。

紐約 阿斯托利亞 2020 年 10 月

David Clayman

夏普誼 博士

Hakka is my mother tongue, the native language of over four million Taiwanese people. However, in school, they learn to speak and write only Mandarin Chinese and many young Hakka people do not speak their mother tongue fluently, not to mention reading or writing it. For four decades I used Mandarin Chinese and English working in international trade. When I retired, I became a student in a graduate program at the City University of New York (CUNY) and began to think about how to revive Hakka in Taiwan.

I was very fortunate to meet an experienced linguist in CUNY, Dr. Daniel Chapuis, who guided me, step by step, to create the Simple and Easy Hakka Spelling System, an alphabetical Hakka transcription system which I introduced in my book Writing Hakka Made Easy: Introduction to a Simple and Easy Hakka Spelling System (2019). *To prove this system is workable and that Hakka can be used to introduce young readers to foreign literature, I have written*

Reading Hakka Made Easy: World Folktales in Hakka, *in which appear my translations of world folktales into Hakka.*

I am honored to have a preface from Dr. Chapuis. He speaks English, French, German, Spanish and Modern Greek fluently and has studied the structures of different languages around the world, including creole languages. He is familiar with the problems in creating alphabets for various creole languages. Under his guidance, I was able to settle the critical issues in the transcription of Hakka. His approach to the sounds of Hakka and its phonology provided me with questions that enabled me to resolve issues more confidently in my search for a simple and clear transcription of the sounds of Hakka that do not exist in Mandarin. I owe a debt of gratitude to Dr. Chapuis. Thanks to his guidance, Hakka native speakers now have a simple and easy system to read and write their own language.

---- The Author and Translator

Preface by Dr. Daniel Chapuis

Ruey-Shiun Hwang recently published the book *Writing Hakka Made Easy* (September 2019), in which he proposes complementing Chinese characters with letters of the English alphabet to transcribe sounds in Hakka that do not exist in the Mandarin dialect. Now Mr. Hwang is publishing *Reading Hakka Made Easy: World Folktales in Hakka*. What this means is that Hakka speakers now not only have a handy system for them to read and write in their language but also a book to practice using his innovative and practical method of transcribing their language.

There are few Hakka speakers who love their language as much as Mr. Hwang does. He is passionate about it and very enthusiastic about encouraging the younger speakers of the language to use it and maintain it. Today many languages spoken in the world are disappearing every year, and it is important to make necessary efforts to keep all the ones still in use alive. A language is not only a means of communication; it is a vehicle of a culture and a way of life.

What better way to keep a language alive than to offer its young speakers a wider view of the world they are living in and to open them up to the different cultures within the human family.

Ruey-Shiun Hwang has lived in such foreign countries as the Ivory Coast in Africa and the United States of America. Born in Taiwan during the Japanese occupation, he has traveled the world and been exposed to various languages, climates, and ways of life. He speaks French as well as English. While remaining attached to the culture of his homeland, he has opened up to those of other countries, and what he offers young readers in his new book is a chance to do the same. We need to be faithful to our own culture in life, but it is also important to be open to others.

I have known Mr. Hwang for nearly a decade and have always been impressed and inspired by his energy and his interest in the world as well as by his love for his family, his home country and its traditions.

The folktales in this book take you across various foreign lands: from Taiwan to Turkey, from Russia to France, from America to Japan, and from the Arab world to that of China.

Astoria, New York, October 2020

Daniel Chapuis

Dr. Daniel Chapuis

自序

讓客語永續向前行

我職場退休後，到紐約唸研究所，在紐約市立大學語言學者夏普誼博士的指導下，以英語發音模式，配合台灣人熟悉的國語注音符號，建立「簡明客語拼音」系統，希望在政府推動英語爲第二官方語言的政策下，讓英語學習者很輕鬆容易的「寫出」與「讀出」客語發音。根據「簡明客語拼音」系統，我在 2019 年 9 月出版了「輕鬆寫客語：簡明客語拼音系統的介紹與練習」。之後，我深深覺得我應該再寫一本書，利用我提出的「常用客語漢字與簡明客語拼音共用」模式，讓現代忙於高科技知識爆炸時代的客家後生，能輕輕鬆鬆地用母語讀出以他們的母語寫的書，因此，我以一年的時間收集資料，寫出這本「輕鬆讀客語：世界民間故事篇」。

正如我的指導老師夏普誼博士說，語言不僅僅是溝通的工具，同時也是文化與生活方式的載具，這就清楚說明客語保存對客家人的重要價值。客語要永續保存，必須讓所有客家人「說得出」、「聽得懂」、「寫得出來」和「讀得出來」。目前台灣客語的現況，在長年華語的強勢影響下，「說」與「聽」已逐漸沒落，在客家人聚會場合，仍在說華語；「寫」與「讀」更見稀少，許多討論客家文化與客語的書仍以華語著作。一方面因客語的獨特性，華語漢字並不足客語使用，另一方面，即使有熱心人士與客家學者用客語寫文章，要現代客家後生輕鬆地讀出來，有一定的難度，因爲在長年華語教育的強勢影響下，現在客家後生要用客語讀出常用漢字，已很不容易，客家學者很用心地找出客語古漢字，卻都是現代很不常用的漢字，讓客家後生更不容易以客語讀出來。所以，爲了保存客語，讓能「說」與「聽」的客家後生能用客語「寫得出來」和「讀得出來」，以「常用客語漢字與簡明客語拼音共用」的折衷模式，最能適應現代客家後生「寫」與「讀」客語的需要。

在高科技的現代，一方面客家後生要學的東西比以前多非常多，另一方面，現代客家後生通過網路與旅行接觸的世界面向也比以前寬廣得多。因此，如果要保存客語，必須客語與時俱進向前行，不但客語必須創新詞彙以適應新時代的需要，而且在與世界交流之際，客語很自然的會吸收外來語，這些都可以讓客語永續保存並向前行。保守的客家人，可能心裡對外來語有些許排斥，認爲會「汙染」客語的純正，實際上有許多外來語早已進入所謂純正的客語之中，例如一千多年前玄奘法師譯經時引用的許多外來語如「菩薩」、「般若蜜」等很早就經由華語而成爲日常客語的一部分。日語與英語非常容易吸收外來語，也造就其語言的詞彙豐富與文化發達。客語與華語關係密切，從華語引來的客語外來語也特別多，在這本「輕鬆讀客語：世界民間故事篇」可以看到。

當然，有許多熱心的客家人士很努力地以客語寫臉書、寫文章，這是可喜的現象。以我個人的觀察，一方面這些文章使用了許多不常用客語漢字或借音字，在長期華語強勢影響下，客家後生能否輕鬆容易的讀出來，可能有疑問；另一方面，所寫的客語文章內容多以介紹客家文化、俗語、諺語、俚語及客家老師傅的話爲主，較少涉及其他世界文化與現代科技知識，客語薪傳師只薪傳客家文化文物，這是天經地義的，但如未把客語用在其他世界文化上，就把客語的使用限縮了。這本書使用「常用客語漢字與簡明客語拼音共用」模式，讓熟悉英語拼音的現代客家後生，可以輕鬆地讀客語，書的內容則採取世界民間故事，以便讓客家後生能用客語了解同樣居住在這個地球上的世界其他族裔的不同文化，這樣，客語的使用不但可以大大擴張，客家後生的眼界也將大開，客語不但可以永續發展，也將隨著世界科技與文化的進步而向前行。

再者，語言沒有所謂「標準語」，只有某種腔才有所謂「標準腔」，例如，沒有所謂「標準英語」，只有「標準倫敦腔英語」。因此，客語也沒有所謂「標準客語」，只有地區性的「標準四縣腔」、「標準海陸腔」、「標準大埔腔」、「標準饒平腔」、「標準詔安腔」等這台灣的「四、海、大、平、安」五種主要客語腔客語。但要推廣一種語言普遍化，不致各自爲政、力量分散，必須以某種腔爲「基準」，例如華語以北京腔爲基準，法語以巴黎腔爲基準，日語以東京腔爲基準等等，其他腔也聽懂這「基準腔」，成爲共同語言，壯大語言的力量。本書以四縣腔客語爲基準寫作，其他客語腔也看得懂。這是本書客語拼音字不注聲調、讓不同腔客語的讀者以「前後文」自然讀出聲調的原因之一。

這本書旨在拋磚引玉，希望熱心客語的客家後生，特別是在法、商、農、理、工、醫、資訊等科技領域的客家後生，能用「常用客語漢字與簡明客語拼音共用」模式，寫出客語現代知識篇、客語法律故事篇、客語科技篇、客語國際展望篇、客語醫學篇……等等輕鬆讀客語系列的客語書籍，讓客家人輕鬆地以客語閱讀，則客語不但可以「說、聽、寫、讀」輕鬆容易，客語也可以永續向前行！

這本書首先要由衷感謝蘇清守教授的諄諄指導。蘇教授是台中東勢人，講的是大埔腔，但也精通四縣腔、海陸腔等客家腔調以及閩南語文。他對台灣語言的使命感，讓人深爲感動。他的每一部關於國語、閩語、客語對應通用的著作都是大部頭的台灣語言參考書，他研究的認眞嚴謹，令人感佩。這本書每一篇故事，蘇教授都仔細閱讀，並找出客語漢字，當然其中包括許多不常用字與古漢字，我在書中「華語註釋」部分都一一介紹，並在後幾篇逐步增加客語漢字用量，以便讓讀者按部就班的認識與用客語讀出客語漢字。雖然蘇教授認爲客語應該用漢字寫讀，但也認同我提出的「常用客語漢字與簡明客語拼音共用」的階段性折衷模式與簡易風格。蘇教授著作等身，仍在百忙中給這本書賜下珍貴序言，大大的增加了這本書的分量與價值。

我也要感謝紐約市立大學語言學者夏普誼博士。他不但一步一步地指導我建立簡單、易學、易用、並與台灣人熟悉的國語注音符號配合的「簡明客語拼音」系統，還鼓勵我用「常用客語漢字與簡明客語拼音共用」的模式，介紹世界文化，使客語的使用除了客家文化之外，更向外面擴張。夏普誼博士除了語言學外，還教我英語、法語、德語，可惜因 2020 年冠狀肺炎病毒症 (COVID-19) 肆虐全球，面對面教學因隔離而必須中斷，但我們仍以電郵密切聯繫，向他學了很多東西。

我最後要感謝我周邊的客家親友，尤其是我內人陳金英女士，她父親是桃園龍潭人，早期移民到屏東竹田，所以，內人精通四縣腔客語，也深諳台灣南部腔客語，後來在台北工作有竹東來的室友，也學會海陸腔。我遇到有不會講的客語語詞時，都向她請教。我也利用電話與網路向台灣客家親友請教，希望這本書能夠用道地的客語介紹世界民間故事，讓客家後生用客語了解世界。

黃瑞循

2020 年 12 月 12 日，於美國紐約

大家來熟悉客語的 ㄅㄆㄇㄈVo

Tai Ga Loi Sug Hsig Hag Ngi Ge Bo Po Mo Fo Vo[1]

在台灣，大家從小熟知國語注音符號ㄅㄆㄇㄈ，不但可利用ㄅㄆㄇㄈ協助正確發音，不會寫的國字，還可用ㄅㄆㄇㄈ拼寫出來，「花園的ㄒㄧㄡˋ ㄑㄧㄡˊ花開了」，大家都會了解這是「花園的繡球花開了」，非常方便。

如果我們設計一個客語的ㄅㄆㄇㄈ，把找不到客語漢字的字，也是用拼音的方法拼寫出來，對於寫客語文章，出版客語書籍等等，會方便許多。尤其客語與國語 (即「北方官話」或在中國大陸說的「普通話」) 非常不同，國語漢字不夠應付客語漢字的需要，「以音借字」常混淆不清，「新創客語漢字」徒然增加識字的困難；最簡單的解決方法，就是用「簡明客語拼音字母與常用客語漢字共用」，將會使客語文字化、寫客語文章、出版客語書籍變得非常方便容易，更有助於客家文化的傳承與發展。

---

1 國語注音符號第一行是ㄅㄆㄇㄈ，但客語拼音符號第一行是 Bo Po Mo Fo Vo，代表拼音字母 B, P, M, F, V，多出一個 v 音是國語注音符號所沒有的，民初頒布的注音符號有這個音的符號，現已沒在使用。

「簡明客語拼音」可說是客語的ㄅㄆㄇㄈ，但「簡明客語拼音」是用英語字母寫出的 Bo Po Mo Fo Vo，共 26 個，「簡明客語拼音字母」與英語 26 個字母類似，比 37 個國語注音符號還少，更容易學習。

因爲「簡明客語拼音」採取英語拼音模式，而不採取中國漢語拼音的羅馬拼音模式，現在政府推動英語爲第二官方語言，學生學會英語拼音之後，很自然地就同時學會了「簡明客語拼音」，非常方便易行。

首先請大家來唱客語的 Bo Po Mo Fo Vo，大家來熟練 26 個簡明客語拼音字母 (注意，前四行最後一個音是國語注音符號所沒有的)；

簡明客語拼音字母表

Bo (ㄅ)	**Po** (ㄆ)	**Mo** (ㄇ)	**Fo** (ㄈ)	**Vo**
Do (ㄉ)	**To** (ㄊ)	**No** (ㄋ)	**Lo** (ㄌ)	**Ngo**
Go (ㄍ)	**Ko** (ㄎ)	**Ho** (ㄏ)	**Wo**	
Ji (ㄐ)	**Chi** (ㄑ)	**Hsi** (ㄒ)	**Yi**	
Z (ㄗ)	**Ts** (ㄘ)	**S** (ㄙ)		
I (ㄧ)	**U** (ㄨ)	**A** (ㄚ)	**O** (ㄛ)	**E** (ㄝ)

是不是很簡單？ 很容易學？ 好好背起來吧！

目　次

《 第一篇 》

簡明客語拼音介紹

Ti Id Pien

Gien Min Hag Ngi

Pin Yim Gie Seu

前　言

語言應該是進化的，隨著新科技發展，新詞彙陸續出現。客語長期受到華語 (北京話) 的排擠，雖然世界上不同語言長足進步，客語的詞彙似乎沒甚麼進展。現代客語學者大都採取堅持客語漢字主義的立場，以音借字，回頭去找古漢字，甚至新創客語漢字，使得現代客家後生，尤其是學習法、商、農、理、工、醫的客家後生，覺得「讀」與「寫」客語很困難，甚至有人在臉書上「會讀到顛三倒四」，這實在不是推行客語之福。

應該是語言先，文字後，文字是來記錄語言的。語言會隨著時代進化，舊詞彙逐漸消失，新詞彙因語言進化以及吸收外來語而逐漸增加。客家人要以漢字讀寫客語，當漢字無法滿足現代客語需要時，有三個方法來滿足客語的讀寫：一) 借音借字以及從古書找客語古漢字，二) 新創漢字，三) 以「簡明客語拼音」補足。很明顯新創漢字增加識字困難，借音借字常造成混亂，回頭找古漢字則無法適應現代客家後生的時代進化需要。所以，基於客家人對於漢語與英語的熟悉，設計一套客語專用的「簡明客語拼音」來補足成爲最佳方法。

客家人或客家學者無法突破的關卡是漢字關卡，在華語漢文的長期影響下，總認爲客語一定要用漢字記錄才正確。但韓語和越南語原來也是漢字紀錄，完全改爲拼音文字後，還是非常順暢易讀、易寫、易用。因此，客家人與客家學者應該有一個突破性思考：「保存客語」重要，還是「保存漢字」重要？長期研究漢字的客家學者與深受漢字影響、習慣於漢字的客家人必定會認爲兩者同樣重要。如果兩者同樣重要，但無法同時得兼，何者應優先考慮？通常都是優先思考如何保存語言，因爲人一生下來就先學講話，後學認字。「輕鬆寫客語」一書就是爲保存客語而設計，但也只主張用「簡明客語拼音」補足漢字不足部分，並未主張如韓語、越南語一樣完全取代漢字。這是讓現代客家後生，尤其是法、商、農、理、工、醫等不同領域的客家後生，輕鬆讀寫客語的最佳折衷方法。還請客語先進深深思考，先保存客語，讓客語輕鬆讀寫，再來思考保存現代客語漢字。

「簡明客語拼音」在「輕鬆寫客語」書中的「練習課文」、「客家詩歌」與「客家人講古」替相當多的漢字做客語注音，客語發音正確，證明通行無礙。對於熟悉英語的現代客家後生，專爲客語設計的「簡明客語拼音」比起其他採取羅馬拼音模式的中國漢語拼音與台灣通用客語拼音的拼音系統簡單、易讀、易寫、易用。「簡明客語拼音」與「常用漢字」共用，正如語言學家夏普誼博士所說，「是一個更有價值的折衷方案」。一位客家學者看了「輕鬆寫客語」之後，在一份電子郵件上寫著：「簡明客語拼音系統」，利用一般人對漢語與英語有基本認識，的確比現行的書寫系統「進步易行」。

「輕鬆讀客語」世界民間故事篇一書，使用「常用客語漢字與簡明客語拼音共用」模式來寫二十篇世界各地的民間故事，寫作時非常順暢無礙，不須煩惱這個不常用的客語漢字怎麼寫，也不會打斷客語文思；深信客家人以客語閱讀之時，必能輕鬆愉快，享受客語閱讀的樂趣。證明這種方法推動客語讀寫，非常有效易行，成爲客語寫與讀的拼音最佳選項之一。

簡明客語拼音介紹（一）

簡明客語拼音字母：

Bo（ㄅ）	Po（ㄆ）	Mo（ㄇ）	Fo（ㄈ）	Vo
Do（ㄉ）	To（ㄊ）	No（ㄋ）	Lo（ㄌ）	Ngo
Go（ㄍ）	Ko（ㄎ）	Ho（ㄏ）	Wo	
Ji（ㄐ）	Chi（ㄑ）	Hsi（ㄒ）	Yi	
Z（ㄗ）	Ts（ㄘ）	S（ㄙ）		
I（ㄧ）	U（ㄨ）	A（ㄚ）	O（ㄛ）	E（ㄝ）

簡明客語拼音字母共 26 字母，子音 (聲符) 21 個，母音 (韻符) 5 個。配合政府推動英語爲第二官方語言，採取英語發音模式，而不採取羅馬拼音模式的中國漢語拼音。

「簡明客語拼音」與大家熟悉的國語注音符號相同，客語只加了 4 個客語專有的子音：

Vo　： 唇齒音，即上齒咬下唇音，
如客語的「為」(Vi)，「委」(Vi)，「胃」(Vi)

Ngo： 軟顎鼻音，如客語的「鵝」(Ngo)、「我」(Ngai 或 Ngo)、「牛」(Ngiu)

Wo　： 圓唇音，如客語的「禾」(Wo)、「竽」(Wu)，
「黃」(Wong)、翁 (Wung)

Yi　： 平舌上顎音，如客語的「醫」(Yi)、「億」(Yi)、
「有」(Yiu)、「躍」(Yiog)

請注意

Bo (ㄅ)，**Po** (ㄆ)，**Mo** (ㄇ)，**Fo** (ㄈ) 的 **Fo** (ㄈ) 跟客語的 **Vo** 同樣是「唇齒音」，但發音時，**Fo** (ㄈ) 有送氣，**Vo** 則不送氣，差別很明顯。

客語 5 個母音 (韻符) 跟日語一樣，發音固定。至於國語注音符號的ㄞㄟㄠ等雙母音，只要把兩個母音結合，如：Ai、Ei、Au 即可，客語發音「愛」即爲 Oi，國語注音符號的ㄢㄣㄤㄥ則是母音與鼻音的結合，如：An、En、Ang、Ong 等。

26 個字母的「簡明客語拼音」，眞正做到簡明、易讀、易寫、易用。讓客語讀與寫變得非常簡單。只有讓客語「讀」與「寫」簡單，吸引客家後生讀寫客語，客語才能眞正推廣與長存。

簡明客語拼音介紹（二）

客語的促音 (Glottal Stop) 介紹：

華語(北京話)有四聲，即陰平、陽平、上聲、去聲，台灣稱一聲、二聲、三聲、四聲，但客語有第五聲，即「入聲」或稱「促音」，如客語「石」、「角」、「十」、「食」、「格」、「骨」、「合」，「錫」……等等，非常之多，尾音都是促音，在聲門短促停頓，形成北京話所沒有的發音。

客語的聲尾促音有三種，分別以 B、D、G 作爲拼音字尾來注音：

B b：發音之後，雙脣急促緊閉。
如客語「合」(Hab)，「楔」(Hsiab)，「夾」(Giab)

D d：發音之後，舌頭急促貼緊前上顎，
如客語「一」(Id)、「八」(Bad)、「骨」(Gud)

G g：發音之後，後軟顎急緊閉。
如客語「百」(Bag)、「角」(Gog)、「錫」(Hsiag)

～ 客語的促音讓客語顯得更豐富 ～

簡明客語拼音介紹

(三)

客語的子音式母音 (Consonantal Vowel) 介紹：

字音是由子音 (聲符) 加母音 (韻符) 形成，在台灣的國語注音符號，有ㄓㄔㄕㄖ與ㄗㄘㄙ這七個子音 (聲符) 可以不加母音 (韻符) 直接注音。嚴格來說，任何字音都是由子音加母音形成，ㄓㄔㄕㄖ與ㄗㄘㄙ仍然有個相同發音口腔形式的母音，只是台灣注音符號加以省略。中國漢語拼音為完成子音加母音的規則，Zh (ㄓ)、Ch (ㄔ)、Sh (ㄕ)、R (ㄖ) 與 Z (ㄗ)、C (ㄘ)、S (ㄙ) 後面加 i 作為母音，如「知」(Zhi)、「吃」(Chi)、「師」(Shi)、「日」(Ri) 與「資」(Zi)、「慈」(Ci)、「絲」(Si) 等等，對於一個英語學習者來說，加母音 i 往往會造成他們的華語發音錯誤。「簡明客語拼音」為避免此項發音錯誤，採取同一子音兼做母音的方法，這種母音，被稱為「子音式母音」(Consonantal Vowel)。

簡明客語拼音的「子音式母音」共有六個，即 M, N, Ng, Z, Ts, S (客語沒有捲舌音，故無ㄓㄔㄕㄖ的音)，亦即把這六個子音放在子音後面當作母音以合成字音。採用子音式母音，意味著該字的子音發音長些，以英語學習者來說，發出來的音會比中國漢語拼音加 i 作為母音正確，例如下列字音，前面字母是子音，後面字母是子音式母音，合成字音：針 (Zm)，神 (Sn)，吳 (Ngng)，智 (Zz)，自 (Tsts)，字 (Ss)，毋 (Mm) 等等。

有一點請注意：我們常看到新加坡把「黃先生」音譯為 "Mr. Ng"，以當地福建話發音「黃」就是 Ngng，前面的 Ng 是子音，後面的 Ng 是子音式母音，子音 Ng 加 (子音式) 母音 Ng 成為字音。所以，日後演變，很可能這些子音會跟國語注音符號的ㄓㄔㄕㄖㄗㄘㄙ一樣可以不加韻符 (母音) 獨立注音，即把子音式母音省略，例如上述的 Mr. Ng 而不是 Mr. Ngng；但開始學習時，仍以「子音加母音等於字音」為學習的基準，把子音式母音作為母音，如客語發音「吳」「魚」為 ngng，「思」「斯」為 ss，「姿」「智」為 zz……等等。客語發音比中國漢語拼音模式的加 i 會正確得多。

簡明客語拼音介紹
(四)

簡明客語拼音的拼音方法：

簡明客語拼音的拼音方法與大家所熟悉的國語注音符號拼音方法完全一樣，即每個字音都是子音 (聲符) 加母音 (韻符)，形成單音節字音的發音。但因爲英文字母發音分得更細，有時還有促音字尾等等，使得拼音成一個字音分爲下列幾種：

- 子音 + 母音：如客語「飛」(Bi)、「蛇」(Sa)、「苦」(Ku)、「可」(Ko)、「下」(Ha)
- 子音 + 雙母音：如客語「我」(Ngai)、「海」(Hoi)、「九」(Giu)、「謝」(Chia)
- 子音 + 母音 + 鼻音：如客語「送」(Sung)、「寒」(Hon)、「江」(Gong)
- 子音 + 雙母音 + 鼻音：如客語「健」(Kien)、「勤」(Kiun)、「誦」(Hsiung)
- 子音 + 母音 + 促音字尾：如客語「割」(God)、「穀」(Gug)、「石」(Sag)
- 子音 + 雙母音 + 促音字尾：如客語「夾」(Giab)、「楔」(Hsiab)、「腳」(Giog)

簡明客語拼音介紹

（五）

子音的增生 (Germinated)

客語跟法語、英語、西班牙語一樣，一個語詞連讀時，常會有連音 (Liaison) 出現，前一字最後字母的子音，跟後一字前面字母如果是母音的話，會連起來讀。法語最明顯，如法語 Mon ami (我的朋友) 前字最後子音字母的 n 會與後字第一字母的母音 a 連讀，讀成 Mon na mi 三個音節，中間那個字音就增生了一個子音 n，這種情形稱為「子音的增生」(Germinated)。

客語都是由單音節字組成語詞，子音增生的情況非常之多。例如「鴨子」客語稱 Ab Be，這是由客語名稱大都以 e (せ) 做名詞字尾 (與英語名稱以 er 字尾類似，例如 teach + er = teacher)，因此，「鴨子」客語稱 Ab + e = Ab Be，後一字母音增生子音 B，合併讀成 Be。「小孩兒」客語稱「細人 Ne」，這是 Se Ngin + e = Se Ngin Ne，最後一個字母音 e 增生子音 N，合併讀成 Ne；「戇仔」客語稱 Ngong Nge，這是 Ngong + e = Ngong Nge，最後一個字母音 e 增生子音 Ng，合併讀成 Nge。這種情形是把前一字的子音字尾與後一字的母音字頭連音而形成的。

增生情況還會闖入另一個子音，例如「鵝」客語稱 Ngo We，這是 Ngo + e = Ngo We，後一字增生闖入一個子音 W，合併讀成 We；「樹塊」客語稱 Su Kud Le，這是 Su Kud + e = Su Kud Le，後一字的母音 e 增生闖入子音 L，合併讀成 Le。

用「簡明客語拼音」可以把客語每一個字音都記錄下來，即使子音增生後，也可正確紀錄增生後的讀音，不必像現在許多客語作者模仿華語用「仔」字代表所有名詞字尾，鴨仔、鵝仔、樹塊仔、細人仔……等等，讀者會不自覺的傾向於讀出華語 (北京話) 的發音，無法讓讀者立即反應的正確讀出客語的音來。這是用「簡明客語拼音」讓讀者輕鬆用客語正確讀出每一個字的優勢。

簡明客語拼音介紹（六）

客語漢字的音變

與子音的增生關係密切的是因為連音，客語漢字有時會產生「音變」，而產生「音變」的原因是便於自然發音。發音機關也就是口型、嘴唇、舌頭、上顎、軟顎因受上下字發音的影響自然產生的，有時是受到下一字的影響，有時則受到上一字的影響。這種漢字發音的「音變」，客語非常之多。

客家人問：「你耕幾分田？」(Ngi Gang Gi Fun Tien)，再問：「到底幾多分？」(Do Dai Gid Do Fun?)。同樣的「幾」在「幾多」(Gid Do) 卻發促音 Gid，這是受到下一字「多」(Do) 的影響，Gi 與 Do 的 D 連音成為 Gid Do。

又如「屋下」(Wug Ka) 這一詞，「屋」(Wug) 字客語發音帶有促音字尾 g，影響下一字「下」(Ha)，自然產生 K 音，Wug Ha 產生音變，成為 Wug Ka。這是受到上一字 Wug 的影響。嚴格的說，Wug 的促音字尾 g 與下一字的 a 連音成為 Wug Ga，發 G 音不會送氣，加上自然發音的送氣 (H 就是有送氣的音) 成為送氣的 K 音，所以，Wug Ha 經由音變為 Wug Ga，再送氣成為 Wug Ka。

讀者可比較發音 Wug Ha 與 Wug Ka，就會感覺以客語發音 Wug Ka 比較自然。音變發生在一詞兩字間的連音 (Liaison)，上述子音的增生就是音變的結果。客語名詞字尾加 e (せ) ，如「棍子」(Gun + e = Gun Ne)，「鎚子」(Tsui + e = Tsui Ye)，所有格字尾加 e 或有些地方客語加 ai，如「我的」(Nga + e = Nga Ge 或 Nga + ai = Nga Gai)，驚嘆詞字尾加 a (ㄚ)，如「著啊」(Tsog + a = Tsog Ga)，「行啊」(Hang + a = Hang Nga) ……等等，可見音變相當普遍。

又如客家人稱入夜爲「團烏」(Ton Wu)，形容一團烏黑，如「團烏半夜」，所以，「今天晚上」是「暗烏夜」(Am Bu Ya)，同一個「烏」(Wu) 字，在「暗烏夜」卻發音爲 Bu，這是受到前一字「暗」(Am) 的子音式母音 m 這個閉口音的影響，次一字「烏」(Wu) 同樣發閉口音的 Bu 比較易於發音。現在有許多客語寫作者將「暗烏夜」(Am Bu Ya) 寫成「暗晡夜」，是以音借字的結果。

客語的「今天」是「今分日」(Gin Bun Ngid)，「昨天」是「昨分日」(Tso Bun Ngid)，但有些客家人發音時，把「分」Bun 最後的鼻音 n 與後面「日」(Ngid) 前面的鼻音 Ng 連音 (Liaison)，變成「今分日」(Gin Bu Ngid)，「昨分日」(Tso Bu Ngid)，這是連音的音變。現在許多客家作者把 Gin Bu Ngid 寫成「今晡日」，Tso Bu Ngid 寫成「昨晡日」，這是以音借字的通俗寫法，正確漢字寫法應該是「今分日」與「昨分日」，這是「分」日期稱呼的概念。仍有許多客家人講 Gin Bun Ngid，或第一字受到第二字 B 的閉口音影響，「今」也發閉口的 m 音，講 Gim Bun Ngid。

「街上」這一詞的兩個字分別以客語發音為「街」(Gie 或 Gai) 與「上」(Song)，但連成一詞發音為 Gie Hong 或 Gai Hong，這也是自然形成的音變，現在有些客家人把「街上」寫成「街項」，這是以音借字的結果。

英語的 v 音其他語言變成 b 音十分常見，例如英語 have，德語為 habe，英語 fever，德語為 fieber；英語 vitamin，日語發音成為 Bi Ta Min，英語 victor，日語發音成為 Bi Ku Ta。

簡明客語拼音介紹（七）

客語的讀音與語音

我們在台灣學習國語(在中國稱爲「普通話」)，知道國字有些「破音字」(在中國稱爲「多音字」)，即一個字有不同的發音與不同的意思，例如:「乾(ㄍㄢ)燥」,「乾(ㄑㄧㄢˊ)隆;「行(ㄒㄧㄥˊ)軍」,「兩行(ㄏㄤˊ)」;「假(ㄐㄧㄚˇ)如」,「放假(ㄐㄧㄚˋ)」;「傳(ㄔㄨㄢˊ)奇」,「傳(ㄓㄨㄢˋ)記」……等等。

從古以來，客家人讀漢文，利用漢字做爲客語的文字。客家人對於漢字，在讀漢文書時，會有一個正式的發音，我們稱之爲「文言音」或是「讀音」(讀書的發音)；在說話時，同一個字會有一個說話時的發音，我們稱之爲「語音」或是「白話音」。因爲一個字有讀音與語音之分，客家人在說話與讀書時很容易了解與分辨，所以，用字經濟，也沒有必要另創新字來代表語音。

最明顯常用的是客家人的第一人稱「我」，這個字讀音爲Ngo，例如:「我們」(Ngo Mun)，「大我」(Tai Ngo)，「我爲人人，人人爲我」(Ngo Vi Ngin Ngin，Ngin Ngin Vi Ngo)；「我」字客語的語音(白話音，說話的發音)爲Ngai，例如:「我講客」(Ngai

Gong Hag)，「我食飯」(Ngai Sd Fan) ……等等。了解「我」字有讀音與語音，會讓客語寫作方便得多，不必刻意新創「人字旁加厓」(電腦找不到) 或借「涯」「捱」來表示第一人稱的「我」。

還有很多字客語有讀音與語音之分，例如：分 (Fun) 數，分 (Bun) 家；正 (Zn) 確，無正 (Zang)；該 (Ge) 位，應該 (Goi)；事 (Ss) 情，做事 (Se)；選擇 (Zed)，擇 (Tog) 菜……等等。認識漢字的客語讀音 (讀書的發音，文言音) 與語音 (說話的發音，白話音)，可以減少無謂的新創客語漢字與以音借字，對於客語輕鬆寫作有相當助益。如果日常說話時用讀音 (例如客家大戲唸台詞)，客家人亦聽得懂，只是會有文縐縐的感覺。

簡明客語拼音介紹

(八)

簡明客語拼音的聲調

客語與華語 (北京話) 一樣有四聲的聲調，即使是客語特殊的入聲字，也就是有促音字尾的字，在語詞上仍有四聲的情形，如：石頭，結舌，……等等，海陸腔與四縣腔對於入聲字 (有促音字尾) 的聲調即不同。

一篇客語文章，使用「簡明客語拼音」表達客語字，不注四聲，打字較快與排列較美觀，有其優點，而且客語有許多不同腔調，往往同一字發音相同但因腔調不同而有不同的四聲聲調，不注聲調反而更能適應不同客語腔調的閱讀。更因爲客語文章仍以漢字爲主，「簡明客語拼音」只是補充其不足，所以拼音字很容易從「前後文」(Context) 的漢字中決定其聲調。

例如，「史詩」，簡明客語拼音的四縣腔客語發音爲 Ss` Ss´，海陸腔爲 Ss Ss`，讀者不必擔心不注聲調 Ss Ss 會讓人搞不清楚，因爲在文章上，這個詞「史詩」是以漢字呈現，而不是以拼音字呈現。(按：根據台灣通用客語拼音，「史詩」四縣腔發音 sii` sii´，海陸腔發音 sii´ shi`，聲調不同，海陸腔發音也有差異，但英語背景的讀者都不容易正確讀出客語發音)。又如客語一句話，「Lia Ge 問題，我也十分無 Gad Sad」(這個問題，我也十分沒辦法)，這句話有四個用「簡明客語拼音」標注的客語拼音字，四縣腔與海陸腔的讀者都能很容易的在其「上下文」(Context) 讀出他們的聲調，這是不注聲調的方便處。在少數情形要強調其四聲或需要在註腳 (footnote) 說明的情況下，自然可特別標注四聲。

簡明客語拼音介紹（九）

現在客語文作者的借音字與寫作的錯別字

因漢字不足客語使用，隨意借字或借音，造成寫作上的「錯別字滿篇」；引用不常用的古漢字，又使客家後生讀者無法立即讀出來，這實在不是推行正確讀寫客語最好的方法。

我常看到臉書上許多客家人喜歡用客語寫臉書，這是推行客語非常好的現象。美中不足的是，因漢字尤其常用漢字不足客語使用，各位作者隨意以音借字，或使用不常用的古漢字讓客家後生無法讀出來，讀不出來就無法了解其意，甚至望而生畏，尤其學習法商農理工醫科的客家後生，更對這種客語文章敬而遠之，這就不是推行客語之福了。

客語文章應求普遍化，讓一般客家後生都能輕鬆讀出來，才會興趣盎然地讀下去。也讓法商農理工醫科的客家後生能輕鬆讀寫客語，客語的推動才不至於在客家學院與客語能力認證的同溫層裡轉，似乎無法走到其他領域去，如果是這樣，就減縮了客語這個語言的讀寫使用範圍。

正如語言學家夏普誼博士說，利用英語字母的(簡明)客語拼音系統來輔助(客語)書寫，(與「常用漢字」共用)，是一個更有價值的折衷方案。

推行客語讀寫從最初級的「簡明客語拼音」與「常用漢字」共用，避免一開始就讓客家人習慣於「錯別字連篇」；也讓所有客家人，包括法商農理工醫科的後生，親近與樂於讀寫正確客語，客語推動才會有實際與擴大的效果。

簡明客語拼音介紹

（十）

簡明客語拼音可協助客家後生認識客語漢字與讀出客語發音

「簡明客語拼音」與「常用漢字」共用，是讓客家後生讀寫客語最簡單容易的方法。讓客語讀寫簡單，也是鼓勵客家後生讀寫客語最易行的方法。「簡明客語拼音」與「常用漢字」共用，也可以輕鬆解決傳統的漢字主義者「借字」「新創漢字」甚至找出「古漢字」(不常用漢字)使客家後生無法讀出與了解的煩惱。這些都有助於保存客語，把「保存客語」的重要性放在「保存漢字」之上，進而保存客家文化與發揚客家文化。

語言學家夏普誼博士說，「沒有一種系統是完美的，正統主義者可能會反對使用從外國借來的字母。然而，只有這種解決方案可以提供一種一致性而且簡明清楚的書寫系統。」台灣客家人已非常習慣用注音符號補足他們不會寫的國字，例如：「今天我到公ㄩㄢˊ去ㄕㄤˇ花，有ㄧㄥ花，ㄉㄨˋㄐㄩㄢ花，都非常美ㄌㄧˋ」，這些都是大家都可接受並輕易讀出了解的寫法。在漢字不足客語使用時，採用「簡明客語拼音」與「常用漢字」共用，同樣應該被大家所接受與認同。

「簡明客語拼音」與「常用漢字」共用，可以讓客家後生先建立客語閱讀的習慣與興趣，在「常用漢字」的基礎上，逐漸增加客語漢字的識字量。一般客家後生，尤其是法商農理工醫的客家後生，只要認識常用漢字就可結合「簡明客語拼音」輕鬆讀寫他們專長的客語論著；客家語文研究學者自可進一步研究、認識與使用較不常用的客語漢字包括古漢字。換句話說，要讓客家後生大家都能讀寫「客語白話文」，而「客語文言文」詩詞等等就讓客語專家學者去研究。

因此，我們可了解，「簡明客語拼音」與「常用漢字」共用具有能進一步讓客家人學習與多認識客語漢字的功用，客家學者與台灣各大學客家學院的教授應該體認這個非常有價值的功用，接受並鼓勵學生利用「簡明客語拼音」與「常用漢字」共用來寫客語文章論著。「簡明客語拼音」與「常用漢字」共用如能普遍化，其他領域如醫學、農業、工程、法律、數學、商業、貿易、管理、物理、化學……等等的客家人，也可利用「簡明客語拼音」與「常用漢字」共用來用客語寫他們專長的研究文章論著，這樣才能把客語推廣到所有領域上，而不只是把客語推行限於文史語文詩詞。這是保存客語，讓客語詞彙能隨著新科技「與時並進」的進化，才是進步的做法。

《 第二篇 》

世界民間故事

Ti Ngi Pien

World Folktales

賢孝
Hien Hau

頭擺頭擺，有一個人當不孝，gia 爸老 we，mm 會做事，佢想愛將 gia 爸扛到山頂 wog ted。

佢 kia 一枝槓 nge，lau gia 餔娘愛去扛 gia 爸 ge 時節，gia Lai Ye 看着，就 lau 佢講，「你扛阿公到山頂以後，槓 nge 愛 kia 轉來呦！」

佢聽着，當奇怪，就問 Lai Ye，「Kia 轉來做 mag gai ？」

Gia Lai Ye 講，「你老 we 去 ye，Ngai 可以扛你 nga ！」

Lia 個不孝 ge 人，聽 nga 着，著驚一下，giag giag 將槓 nge deb ted，從此以後，佢就對 gia 爸當賢孝 we。

華語註解

■ **賢孝 (hien hau)**：孝順，客語稱為「賢孝」。

■ **gia 爸老 we (gia ba lo we)**：他的爸爸老了。gia 是客語第三人稱「他」(gi) 的所有格，是 gi (他) 加 a (所有格) 表示「他的」gi + a

= gia，有人漢字寫做「厥」，該漢字本身字義就是「其」。客語的第一人稱ngai加a(ㄚ)也變成所有格nga(我的)，第二人稱「你」(ngi) 加 a (ㄚ) 也變成所有格 ngia (你的)。老 we (lo we) 是 lo + e → lo we，亦即前字字尾 o 加後字母音 e 中間會自然闖入 w 音，變成 lo we，這字尾的 we 有人漢字寫做「咧」，發音不同。

- **mm 會做事** (mm voi zo se)：不會做事，mm 前面的 m 是子音，後面的 m 是子音式母音，子音加母音合成字音 mm，漢字寫做「毋」。「事」讀音 (讀書的發音，文言音) 是 ss 例如「事情」(ss chin)，語音 (說話的發音，白話音) 爲 se，例如「做事」(zo se)，但亦有人發音爲 zo ss，ss 同上述說明，前面的 s 是子音，後面的 s 是子音式母音，子音加母音合成字音 ss。
- **佢想愛將 gia 爸扛到山頂 wog ted** (gi hsiong oi jion gia ba gong do san dang wog ted)：他想把他爸爸抬到山上丟掉，客語稱「山上」爲「山頂」。客語第三人稱 gi 漢字寫做「佢」。wog ted 丟掉，漢字寫做「豁忒」，兩個都是較不常用的客語漢字，「豁」是免除的意思，「忒」原字有「錯誤，變更，甚，太，象聲字」的意思，但客語有結束的意思。
- **佢 kia 一枝槓 nge** (gi kia id gi Gong Nge)：Kia 指用手或肩膀舉起重物，漢字寫做「擎」，舊時用兩個 Y 字形的硬木枝，上面綑緊，中間加一橫條，工人就用肩膀扛甘蔗，稱爲「蔗擎」(Za Kia)。槓 nge (gong nge) 是圓粗結實的竹棍子。客語名詞字尾通常加 e (如國語名詞字尾加「子」)，這 e (せ) 音常與前一字的子音尾音 ng 結合，所以，gong + e → gong nge。請注意，客語名詞字尾的 e（せ）音許多客家人用「仔」代表，例如「槓仔」gong nge = gong + e（せ），這名詞字尾的 e（せ）音是母音，常與前字的字尾子音 ng 連音，成爲鼻音 nge。再如：「棍仔」gun ne = gun + e 前字字尾子音 n 與 e 結合形成 ne 音，「憨仔」ham me = ham + e 前字字尾 m 音與 e（せ）結合自然形成 me 音，「狗仔」gieu we = gieu + e 前字字尾 u（ㄨ）音與 e（せ）結合自然形成 we 音，「象仔」hsiong nge 前字字尾子音 ng 與 e 結合成 nge，「鴨仔」Ab be = Ab + e 前字字尾子音 b 與 e（せ）結合成 be 等等。連音結合後，「仔」字客語發音都不同，爲正確表達客語發音，仍以簡明客語拼音表示，以便讀者輕鬆順利地讀出正確的客語發音與連音，不受長期華語教育都唸單一音「仔」的影響。

- **lau gia 餔娘 (lau gia Bu Ngiong)**：和他的妻子。lau 客語有「和」、「與」、「跟」的意思，現在都借漢字「摎」代表 lau，該漢字原意是「絞結，求取」的意思。

- **Gia Lai Ye 看着 (Gia Lai Ye kon do)**：他的兒子看到。Gi（他）+ a 變成所有格「他的」，漢字寫做「厥」（漢字原意是「其」）。客語所有格都在人稱後面加 a（ㄚ）音，例如第一人稱「我」ngai + a = nga（我的），第二人稱「你」ngi + a = ngia（你的），第三人稱「他」gi + a = gia（他的）。Lai Ye：兒子，Lai 有人借字用「徠」或「倈」表示，漢字本身並無此義。Lai + e 前字如爲母音，會闖入一個音來連音，i 後面會加一個 y 音，成爲 Lai Ye。「看着」客語發音爲 kon do`，亦即「着」客語四縣腔發音是 do`，如同國語注音符號的四聲，有「到」的意思。客語的「看着」即華語的「看到」。華語的稱「看到、聽到、撞到、吃到」，客語則稱「看着、聽着、撞着、食着」；華語的「到」字，客語四縣腔發音為 do，如同國語注音符號的一聲，表示地點的抵達，例如，行到台北 (hang do Toi Bed)，或時間的到達，例如，睡到日頭曬尸朏 (soi do Ngid Teu sai Ss Wud)，睡到太陽都曬到屁股了。

- **就 lau 佢講 (tsu lau gi gong)**：就跟他講。
- **做 mag gai (zo mag gai)**：做什麼，mag gai 漢字寫做「麼个」。注意，「麼」這個字客語發音應為 ma，意思類似華語的「什麼」，例如，「麼儕」(ma sa)，是哪一位；「麼人」(man ngin)，是誰，是什麼人；「麼个」(mag gai，亦有人發音 mag ge)，麼個，也就是「什麼」。從這裡也可看出客語有些字因連音產生音變，「麼」的客語原音為 ma，如「麼儕」(ma sa)，但後字接鼻音時，ma 音會受到後字鼻音的影響，字尾也發鼻音，例如「麼人」(man ngin)，後字如為促音音符如 g 開頭字，ma 音會受到後字 g 影響，字尾也發 g 字尾的促音，例如「麼个」(mag gai，亦有人發音 mag ge)。
- **Ngai 可以扛你 nga (Ngai ko yi gong ngng nga)**：我可以扛你啊。ngai 就是客語第一人稱的「我」，「我」字客語讀音 (讀書的發音，文言音) 為 ngo，語音 (說話的發音，白話音) 為 ngai，但現在許多客家人新創一個字 (人字旁加崖去掉上面的山字，普通電腦查不到) 作為 ngai。為便於客語寫作閱讀，用簡明客語拼音 ngai 表示最方便。扛你 nga 的 nga 漢字寫做「啊」，客語原單獨發音為 a 音，但因前字「你」(ngng) 字尾 ng 與 a 連音，成為

nga。「你」的發音有 ngi 和 ngng，此處發音為 ngng，ngng 的前面的 ng 是子音，後面的 ng 是子音式母音，子音加母音合成字音 ngng。

- **Lia 個不孝 ge 人 (Lia ge bud hau gen Ngin)**：這個不孝的人，Lia 客語漢字寫做「這」。ge 是客語所有格用語，與華語「的」意思一樣，有人借音用「个」表示所有格。

- **聽 nga 着 (tang nga do)**：一聽到，漢字寫做「聽啊着」，聽啊 (tang nga) 是 tang 加 a 音，tang 字尾子音 ng 與後字母音 a 連音，讀成 tang nga。

- **giag giag 將槓 nge deb ted (gieg gieg jiong Gong Nge deb ted)**：giag giag 很快的，漢字寫做「遽遽」，deb ted 是丟掉，漢字寫做「擲忒」。「擲」客語發音為 deb，例如，擲石頭 (deb Sag Teu)。

- **當賢孝 we (dong hien hau we)**：非常孝順了。最後一字 we 是從 e (ㄝ) 與前一字 hau 字尾的母音 u (ㄨ) 連音，自然發音成 we，客語漢字有寫做「咧」。客語表達結束常用 e (ㄝ)，與漢語的「了」同義，但常與前字字尾結合有不同的發音，例如，吃飽了：食飽 we (sd bau we)，結束了：結束 ge (gied sug ge)，吃完了：食忒 le (sd ted le)，發音都不同，因此，用簡明客語拼音表示正確的發音。

一打就七隻

Id Da Tsu Chid Zag

頭擺頭擺，有一個戇 Nge，拿等一枝打烏蠅 ge 黃藤掃 (用尺半長 ge 黃藤，一頭捶綿像細掃 we，另外一頭 kia 等來打烏蠅)，看着一堆烏蠅對 ge 食飯 Sam，佢就用黃藤掃打下去，歸堆 ge 烏蠅就死淨淨，戇 Nge 算算 na，一共有七隻烏蠅分佢打死。

戇 Nge 當歡喜，大大聲對 ge 喊 :「一打就七隻！一打就七隻！」

Du du 好外背有兩個兵 ne，皇帝派佢 deu 來 chim 武藝高強 ge 英雄。聽着有人喊 :「一打就七隻！一打就七隻！」認為 lia 一定係武藝高強 ge 英雄，giag giag 入門拜見，請佢去做皇帝 ge 大將軍。戇 Nge 無辦法，就 ten 等去拜見皇帝。

山頂有一隻老虎，食 ted 當多人，皇帝喊戇 Nge 將軍去打老虎。

戇 Nge 將軍無辦法，拿等弓箭上山去打老虎。佢驚到會死，kong 到兩粒大石夾下。

老虎 pi 着有人 ge 味 hsi，beu 出來。佢看着戇 Nge kong 到石夾下，就 chiog ga 去，愛食戇 Nge。無想着石夾當 hab，老虎 du du 好分石夾卡死死，ngiong nge bin 就 bin mm 出來。

石夾下 ge 戇 Nge 緊緊走出來，佢 mm 敢行到老虎 ge 面前，佢走到後背，將所有 ge 箭 ne 全部插到老虎 ge Ss Wud du，老虎就

bun 佢插死死。

後背 ge 兵 ne 看着老虎分戇 Nge 將軍打死，giag giag 將老虎扛到皇帝 ge 面前。

皇帝看着 dag 支箭都射着老虎 ge Ss Wud du，oh no 戇 Nge ge 箭法 an 準，實在係武藝高強 ge 英雄。

過無幾久，北方 ge 外國番派兵南下愛佔皇帝 ge 好田好地，皇帝喊戇 Nge 將軍帶兵去抵抗。

外國番探着皇帝派戇 Nge 將軍來抵抗，外國番也知戇 Nge 箭法當準，專門打 Ss Wud 空。所以，外國番 ge 兵 ne 大家就綁一 de 鐵板在 Ss Wud 頭。

臨暗邊 ne，戇 Nge 帶兵行到大石坪接近外國番 ge 地方。大家都愁到會死，mm 知愛仰般正好。戇 Nge lau 所有 ge 兵 ne 就對 ge bog 菸。

外國番派偵探兵來打探，偵探兵看着戇 Nge lau 所有 ge 兵 ne 都會「噴火」，giag giag 轉去報告。

外國番聽着戇 Nge 兵全部都會「噴火」，大家都走到尾瀉屎。外國番走 we 時節，草鞋黏着 ge 細石頭彈着 Ss Wug 頭 ge 鐵板，「咚咚」ge 響，外國番 lau 着係戇 Nge 兵射箭過來，驚到拚命 nge 走。

天 mang 光，外國番走淨淨。戇 Nge 將軍帶兵「征番」大贏轉來。皇帝真真係大歡喜，賞戇 Nge 當多田地 lau 金銀財寶。

華語註解

- **戇 Nge (Ngong Nge)**：傻子，呆子。ngong + e → ngong nge。前字字尾子音 ng 與後字母音 e (ㄝ) 連音，讀成 ngong nge。
- **細掃 we (se So We)**：小掃把，so + e → so we，前字字尾母音 o (ㄛ) 與後字母音 e (ㄝ) 連音，自然闖入 we 音，讀成 so we。
- **另外一頭 kia 等來打烏蠅 (nang ngoi id teu kia den loi da Wu Yin)**：另外一頭舉著來打蒼蠅。Kia 是舉高，漢字寫做「擎」。
- **看着一堆烏蠅 (kon do id doi Wu Yin)**：看到一堆蒼蠅。客語稱看到爲「看着」(kon do)，這個 do 四縣腔發如同國語注音符號的第四聲。
- **對 ge 食飯 Sam (dui ge sd Fan Sam)**：在那裏吃飯粒。飯 Sam 就是飯粒，漢字寫做「飯糝」。
- **當歡喜 (dong fon hi)**：非常高興。「當」就是「非常」。
- **Du du 好外背有兩個兵 ne (du du ho no boi yiu liong ge Bin Ne)**：「du du 好」就是剛剛好，漢字寫做「堵堵好」，「外背」(no boi) 就是外面，「外」客語發音爲 ngoi，例如「另外」(nang ngoi)，但受下一字「背」(boi) 的影響，發生自然音變，讀成 no boi。兵 ne：bin + e → bin ne。
- **皇帝派佢 deu 來 chim 武藝高強 ge 英雄 (Fong Di pai gi deu loi chim Wu Ngi go kiong ge Yin Hiung)**：皇帝派他們來找武藝高強

的英雄。客語字尾加 deu 如同華語加「們」，漢字有人寫做「兜」。來 chim 就是來找，chim 漢字寫做「尋」。

- **聽着有人喊** (tang do yiu ngin hem)：聽到有人在喊叫。「聽着」的「着」客語發 do` 音。

- **lia 一定係武藝高強 ge 英雄** (lia id tin he Wu Ngi go kiong ge Yin Hiung)：這一定是武藝高強的英雄。Lia 有人客語寫做「這」。

- **giag giag 入門拜見** (giag giag ngib mun bai gien)：很快地進門去拜見。Giag giag 客語漢字寫做「遽遽」。

- **就 ten 等去拜見皇帝** (tsu ten den hi bai gien Fong Di)：就跟著去拜見皇帝。Ten 客語漢字寫做「跈」，漢字原意爲「踐踏」，客語爲腳步跟著的意思。

- **食 ted 當多人** (sd ted dong do ngin)：吃掉很多人，ted 客語漢字寫做「忒」，是一個象聲字，客語有動作完成的意思。

- **kong 到兩粒大石夾下** (kong do liong liab tai Sag Kiab ha)：躲到兩個大石頭下，kong 漢字寫做「囥」，藏起來。

- **老虎 pi 着有人 ge 味 Hsi** (Lo Fu pi do yiu ngin ge Mi Hsi)：老虎聞到有人的味道，pi 漢字寫做「鼻」，名詞當動詞用，ge 與華語「的」同義，有人借漢字寫成「个」，味 hsi 漢字寫做「味緒」，這整句漢字寫做「老虎鼻着有人个味緒」。

- **就 chiog ga 去** (tsu chiog ga hi)：就飛跳過去，chiog 漢字寫做「躍」，chiog + a = chiog ga，通常客語動詞後面會加 a (ㄚ) 音，

表示動作連續，例如，跳啊去 (tiau a hi)，坐啊下 (tso a ha)，請注意，chiog ga hi (躍啊去) 的前字促音字尾 g 與後字母音 a (ㄚ) 連音，讀成 chiog ga hi。「躍」在「踴躍」(yung yiog)、「龍起躍」(Liung hi yiog) 時，客語亦發音爲 yiog。

- **無想着石夾當 hab (mo hsiong do Sag Kiab do hab)**：沒想到石夾很窄，「想着」即華語的「想到」，hab 漢字寫做「狹」。

- **ngiong nge bin 就 bin mm 出來 (ngiong nge bin tsu bin mm tsud loi)**：怎樣拚命掙扎都掙扎不出來，ngiong nge bin 客語漢字寫做「仰 nge 奮」，根據蘇清守教授研究，古無輕脣音 (ㄈ)，只有重脣音 (ㄅ)。故奮今有 bin (ㄅㄧㄣˋ)、fun (ㄈㄨㄣ) 二音。ngiong nge = ngiong + e (ㄝ) 前字字尾子音 ng 與後字母音 e (ㄝ) 連音，讀成 ngiong nge「怎樣」的意思。bin 是「拚命掙扎」的意思，客語寫做「奮」，「奮」的語音是 bin，例如，奮命 (bin miang)；讀音是 fun，例如，奮鬥 (fun deu)。

- **箭 Ne (Jien Ne)**：客語名詞常接 e (ㄝ)，正如華語加「子」，jien + e = jien ne 前字字尾子音 n 與後字母音 e 連音，讀成 jien ne。

- **老虎 ge Ss Wud du (Lo Hu ge Ss Wud du)**：老虎的肛門裡。Su Wud 漢字寫做「屎朏」或是「尸朏」，du 就是裡面，漢字寫做「肚」。

- **giag giag**：漢字寫做「遽遽」，很快速的。

- **dag 支箭 (dag gi Jien)**：每支箭，dag 漢字寫做「逐」，例如，逐日 (dag ngid)。但「逐」在「逐走」(giug zeu) 時則客語發音爲 giug。

- oh no 戇 Nge ge 箭法 an 準 (oh no Ngong Nge ge Jien Fab an zun)：讚美這傻子的箭法這麼準。Oh no 是讚美，客語漢字寫做「詏腦」(腦應該是言字旁，不常用字，電腦找不到)。「an 準」是這麼準，an 漢字寫做「恁」。

- Ss Wud 空 (Ss wud kung)：肛門眼兒，漢字寫做「屎朏空」或「尸朏空」。

- 大家就綁一 de 鐵板在 Ss Wud 頭 (tai ga tsu bong id de Tied Ban tsai Ss Wud teu)：大家就綁一塊鐵板在屁股上。「一 de 鐵板」客語漢字寫做「一埕鐵板」，「埕」原意是小土堆，就是小塊。

- mm 知愛仰般正好 (mm di oi ngiong ban zang ho)：不知道該怎麼辦才好，Zang 漢字寫做「正」，注意，「正」的讀音是 zn，例如，正確 (zn kog)，語音是 zang，例如，無正 (mo zang)，正去 (zang hi) 就是「才去」。

- 對 ge bog 菸 (dui ge bog yen)：在那裏抽菸。「對 ge」有人漢字寫做「對該」， bog 菸的 bog 有個不常用漢字，口字旁右邊是「博」的右邊旁，電腦查不到。

- 走到尾瀉屎 (zeu do mi hsia ss)：跑得太快，肛門裡面的大便跟不上，瀉出肛門外了。客語的「走」就是跑，華語的「走」客語是「行」(hang)。

- 走 we 時節 (zeu we ss jied)：跑的時候，「走 we」 zeu we = zeu + e (せ) 前字字尾母音 u (ㄨ) 與後字母音 e (せ) 連音，自然產生 we 音。

- **外國番 lau 着係 (Ngoi Gueg Fan lau do he)**：外國番以爲是，「lau 着」客語漢字寫做「恅着」，以爲是。
- **天 mang 光 (tien mang gong)**：天還未亮，mang 是「還沒有」、「還未」的意思，客語漢字寫做「盲)」。

陳昆救難
Tsn Kun Giu Nan

當久當久以前，在一個偏僻 ge 山肚，有一個後生名喊做「陳昆」。佢爲人忠厚老實，Dag 日上山剁樵撿樵賣，賺錢來奉養年老母親。因爲家境實在窮苦，到二十八歲還 mang 討親。

有一日，陳昆照常到山肚去剁樵撿樵，無幾久，佢就剁好當多樵，佢看一下天頂，已經過晝了，肚 Ss 也 Gi Li Gu Lu 了。佢就坐下來拿出飯糰，正愛食 ge 時節，忽然，佢聽着山下無幾遠 ge 地方，有一個細阿妹叫 Zz ge 聲。佢感着當奇怪，就順等叫聲尋下去，尋到小溪唇邊，佢看着有一個著等當爛 ge 衫褲 ge 細阿妹在一頭大松樹下坐等對 ge 叫 Zz。

陳昆行上去問佢，「大姊，有 mag gai 事情使妳 an 傷心？」Lia 個阿妹目汁含等講：「我名安到春花，屋家在大山頂，今年天大旱，收成 mm 好，屋家已經斷糧無米煮了。」，佢緊講就緊叫。陳昆看着 an ne ge 情形，就將 gia ge 唯一 ge 飯糰送分佢。春花接着飯糰，講一下承蒙，肚 Ss 實在當飢，就大口大口 ge 食飯糰。

陳昆 kai 等樵轉到屋家，因爲做歸日 ge 事，又無食東西，tiam 到喊無 Gad Sad。母親看着 an ne ge 情形，就問佢做 mag gai 會 an tiam，陳昆就將山頂發生 ge 情形 lau 母親講一遍，母親聽

nga 着就講：「Lia ge 細阿妹 Ye 實在 an 可憐，天光日上山就多帶一粒飯糰，看着 ge 隻細阿妹 Ye，就分佢一粒，你食一粒。」

第二日，陳昆帶等兩粒飯糰，又來到大山頂剹樵。到當晝，佢拿出飯糰正愛來食，佢又聽着細阿妹 ge 叫 Zz 聲，就 ang go 尋到小溪唇邊，看着兩個細阿妹 Ye 對大松樹下叫 Zz，昨分日 ge 隻春花就一面 tsud 目汁，一面 lau 佢講：「佢係 nga 老妹，已經兩日無食東西了。」陳昆就將兩粒飯糰送分佢 deu，自家又餓肚 Ss kai 等樵轉屋家。

第三日，陳昆 ge 母親 lau 佢做三粒飯糰。陳昆照樣上山剹樵，到當晝 ge 時節，陳昆聽到叫聲，就行過去，佢看着三姊妹對 ge 叫 Zz，佢就將三粒飯糰送分佢 deu。第四日，陳昆帶等四粒飯糰，又看着春花帶等三個老妹對 ge 叫 Zz，佢就將四粒飯糰全部送分 ge 四姐妹了。就 an ne 下去，一直到了第十日，陳昆屋家 ge 糧食也會 mm la 咧。陳昆認爲，照 an ne 下去，永遠也送 mm 完，佢決定無愛分 mm 知有幾多個姊妹 ge 細阿妹再過送飯糰了，但又一想，幫助他人係 En deu 羌族人 ge 美德，何況屋家還有 deu we 糧食，母親也支持繼續送下去，並用一個布袋裝好十一粒飯糰，喊陳昆帶到山頂去。到晝時節，陳昆無等着叫 Zz 聲就行到老松樹下，樹下正有春花一 sa 人定定，今分日佢無叫 Zz，顛倒面帶微笑，目珠肚流露出無限感激 ge 目光，行來 lau 陳昆 ten 手剹樵。陳昆偷偷 we 看幾下春花，春花總係面帶微笑，但都無講一句話。時間當 giag 就過去了，日頭愛落山 ne，陳昆正 kai 起一擔樵愛轉屋家，佢戀戀不捨 ge 再看一下春花，春花還係無講話，但用深情 ge 目光送佢下山。

陳昆轉到屋家，母親問佢：「今分日 ngiong 會 an 暗 zang 轉來 no？」陳昆就將山頂發生 Ge 情形一五一十 lau 母親講，母親就問佢：「你做 mag gai 無帶佢轉來 no？」陳昆面一下就紅起來，佢笑笑 we 講：「就驚人家看 mm 上我呀。」

從該擺以後，春花總會在山頂 lau 陳昆 ten 手剁樵撿樵，佢倆 sa 一面剁樵一面閒話家常。春花生着 an 靚，又 an sad mang，陳昆實在當中意佢，但係，佢總係深情 ge 看等春花，mm 敢開口講出來。

有一日，佢兩 Sa 剁了當多樵，快愛下山 ge 時節，陳昆當深情 ge 看等春花，春花也含情脈脈 ge 看等陳昆。陳昆終於鼓起勇氣、面紅起來 lau 春花講：「春花，ten 我轉屋家好無？」但是，春花搖下頭 na，就在松林中消失了。

陳昆當失望，kai 等樵，慢慢 ne 向屋家 ge 方向行下去，路上，佢感覺着當 tiam 當 kioi，就將 kai 擔 ge 樵 biong 下來，坐在路唇 ge 樹楯休息 dug 目睡。坐無幾久，聽着有人對 ge 喊佢，佢回頭一看，果然有一位鶴髮童顏 ge 老人家向佢行來。老人家 kia 等一支樹根做 ge 拐棍 ne，行到 gia 面前，笑哈哈 ge 問佢：「後生，仰會一儕人坐到 lia 啊，做 mag gai 無愛將 ge 位 an 靚 ge 細阿姐 Ye 帶轉去啊？」陳昆當苦惱 ge 講：「人家 mm 願意啊！」老人家又講：

「唉，mm 係細阿姐 mm 願意，係 gia 爸啊！就係 ge 頭老松樹 mm 肯將 gia 妹 Ye 嫁分凡人，佢就用松針做一支簪 me 插到 gia 妹 Ye ge 頭 na 毛 ge 髻鬃肚，an ne 佢就 mm 會 ten 人走。mm 過，你係偷偷 we 將 ge 支簪 me 掫下來，佢就會 ten 你轉去啦！」老人家講完，陳昆還想問較清楚 deu we，但老人家早就 mm 見 ted 咧。陳昆一下就醒 nge，原來係 bod 夢。

第二日，陳昆想試看 na 老人家講 ge 話有效無，就在春花 gu 下去撿樵 ge 時節，陳昆偷偷 we 伸手將春花髻鬃肚 ge 簪 me 抽下來，au 斷 wog ted，到下晝，陳昆就帶等春花歡歡喜喜 ge 轉屋家咧。

過無幾久，陳昆就 lau 春花成親，過等幸福快樂 ge 日 le。

(取材中國西南方居住的羌族民間故事，取材自中國四川省阿壩藏族羌族自治州汶川縣威州鎮紅軍橋羌族文學出版部印行的「羌族民間故事選」，用客語改編。)

華語註解

- **山肚 (san du)**：山裡面。
- **Dag 日 (dag ngid)**：每天，dag 漢字寫成「逐」，「逐日」客語發音 dag ngid。但客語「逐走」(giug zeu) 的「逐」發音爲 giug，表示趕走。
- **剁樵撿樵 (dog tseu giam tseu)**：砍柴撿柴，客語的「樵」(tseu) 就是華語的「柴」。

- **還 mang 討親** (han mang to chin)：還未娶妻。還 mang (han mang)：還沒有。mang 本身就是「還沒有」的意思，客語漢字寫做「盲」。
- **過晝了** (go zu le)：過了中午了，本文的句尾「了」客語都發 le 音。
- **肚 Ss 也 Gi Li Gu Lu 了** (Du Ss ya gi li gu lu le)：肚子也嘰哩咕嚕的叫了。
- **正愛食 ge 時節** (zang oi sd ge Ss Jied)：正要吃的時候。「正」語音 Zang，讀音 Zn，例如，正確 (Zn Kog)，此處爲語音，表示才要吃的時候。
- **細阿妹** (se ah moi)：少女
- **叫 Zz ge 聲** (Gieu Zz ge sang)：哭的聲音。客語稱「哭」爲 Gieu Zz，客語學者用古漢字寫做「噭眵」，兩個都是不常用字，而且「噭」通「叫」，而「眵」是眼屎，如「目眵」；劉添珍先生在「漢字客家語文字典」則用漢字「噭吱」表示，如用常用字即爲「叫吱」。簡明客語拼音標註的 Zz，前面的 z 是子音，後面的 z 是子音式母音，子音加母音成爲字音 zz。華語的「哭」客語稱做「叫」(gieu，也有人發音爲 giau) 或是「叫吱」(叫 Zz)；華語的「叫」客語稱做「喊」(hem)，華語說「叫他來」客語是「喊佢來」(hem gi loi)。
- **順等叫聲尋下去** (sun den gieu sang chim ha hi)：順著哭聲找下去。
- **著等** (zog den)：穿著

- **坐等對 ge 叫 Zz** (tso den dui ge Gieu Zz)：坐著在那裏哭。「對ge」寫做「對該」。
- **我名安到春花** (Ngai miang on do Tsun Fa)：我名叫春花，「我」語音 ngai，讀音 ngo (我們客家人 ngo mun Hag Ga Ngin)，本文多處「我」都發語音 ngai。安到 (on do) 就是華語的「叫做」。
- **緊講就緊叫** (gin gong tsu gin gieu)：一面講就一面哭。
- **kai 等樵轉到屋家** (kai den Tseu zon do Wug Ka)：挑著柴回到家，客語 Kai 有人漢字寫成「提手旁右邊亥」字，普通電腦查不到。
- **做歸日 ge 事** (zo gui ngid ge se)：做整天的工作。歸日就是華語的整天。「事」語音 se (做事 zo se)，「事」如果指事情，則做事客語發音成 zo ss)，讀音 ss (萬事如意 wan ss yi ngi)。
- **tiam 到喊無 Gad Sad** (tiam do hem mo gad sad)：tiam 就是很累、很疲倦，客語漢字寫做「㞞」。無 Gad Sad 就是沒辦法，Gad Sad 有人漢字寫成「結煞」，是借音字。
- **an ne ge 情形** (an ne ge chin hin)：這樣的情形。an 客語漢字寫做「恁」。an ne = an + e (ㄝ)，前字字尾子音 n 與後字 e (ㄝ) 連音，讀成 an ne。
- **母親聽 nga 着就講** (Mu Chin tang nga do tsu gong)：母親聽到後就講。「聽 nga 着」客語寫做「聽啊着」(tang nga do)，tang + a = tang nga 前字字尾子音 ng 與後字母音 a (ㄚ) 連音，讀成 tang nga。

- **天光日** (tien gong ngid)：明天。
- **到當晝** (do dong zu)：到了中午。
- **就 ang go 尋到小溪唇邊** (tsu ang go chim do Seu Hai sun bien)：就再找到小溪旁邊，ang go 是客語的「再」。
- **昨分日** (Tso Bun Ngid)：就是客語的「昨天」。「分」讀音是 fun，例如，分數 (fun su)，語音是 bun，例如，分家 (bun ga)，分開 (bun koi)。「昨分日」現在有人寫做「昨晡日」是借音字，有客家人發音把 bun (分) 的字尾 n 與後字 ngid (日) 的字頭 ng 連音，發音成 tso bu ngid，造成借音字「昨晡日」，今分日 (gin bun ngid) 也是同樣情形。實際上仍然有許多客家人發音爲 tso bun ngid 與 gin bun ngid。在 gin bun ngid 的發音，有人因 gin 的字尾 n 受到 bun 的字頭閉口音的 b 的影響也發閉口音的 m，變成 gim bun ngid，有許多客家人仍是這樣發音。
- **一面 tsud 目汁** (id mien tsud Mug Zb)：一面擦眼淚，客語稱「擦」爲「捽」(tsud)。「捽」字在電腦裡用注音 ㄗㄨˊ 可找到。
- **Gi 係 nga 老妹** (Gi he nga Lo Moi)：她是我的妹妹，客語的妹妹是「老妹」(Lo Moi)，弟弟是「老弟」(Lo Tai)。
- **送分佢 deu** (sung bun gi deu)：送給他們。deu 漢字有人寫做「兜」，是個客語借音字，等於華語的「們」，我們 (ngai deu)，你們 (ngi deu)，他們 (gi deu)。
- **聽着叫聲** (tang do gieu sang)：聽到哭聲。

- **屋家 ge 糧食也會 mm la 了** (wug ka ge Liong Sd ya mm la le)：家裡的糧食也不夠了。la 漢字寫做「罅」，本意是裂縫、空隙、漏洞。mm la 寫做「毋罅」，手指間隙客語稱做「手罅」(Su La)。
- **係 En deu 羌族人 ge 美德** (he en deu Giong Tsug Ngin ge Mi Ded)：是我們羌族人的美德。En deu 就是「我們」，有時簡稱為 En，客語寫做「人字旁加恩」，普通電腦無此字。
- **還有 deu we 糧食** (han yiu deu we Liong Sd)：還有些兒糧食。deu 以人來說是「們」，以東西來說是「有些」。deu + e → deu we 是「一些」加字尾 e。
- **一 sa 人定定** (id sa ngin tin tin)：一個人而已，sa 漢字寫成「儕」，「定定」表示「而已」。
- **ten 手剁樵** (ten su dog tseu)：幫助砍柴。「ten 手」就是幫助、幫手。ten 有古漢字，但不常用字電腦查不到。
- **時間當 giag 就過去了** (Ss Gien dong giag tsu go hi le)：時間很快就過去了。giag 漢字寫做「遽」。句尾的「了」(le) 客語又寫做「咧」。
- **ngiong 會 an 暗 zang 轉來 no** (ngiong voi an am zang zong loi no)：怎麼會這麼晚才回來呢？整句漢字可寫成「仰會恁暗正轉來呢」。
- **佢倆 sa** (gi liong sa)：他兩位，sa 客語寫成「儕」。
- **春花生到 an 靚，又 an sad mang** (Tsun Fa sang do an jiang，

yiu an sad mang)：春花長得這麼美麗，又這麼認眞做事。Sad Mang：認眞做事，有人寫成「煞猛」，是借音字。

- **ten 我轉屋家好無** (ten ngai zon Wug Ka ho mo)：跟我回家好嗎？Ten 就是「跟」，客語漢字寫做「跈」。

- **頭 na** (teu na)：客語講「頭」就是「頭 na」。

- **佢感覺着當 tiam 當 kioi** (gi gam gog do dong tiam dong kioi)：他感覺到非常疲倦，非常累。tiam 和 kioi 在客語都是「疲倦、累」的意思，tiam 客語寫做「悿」，kioi 有不常用的古漢字，電腦查不到。

- **就將 kai 擔 ge 樵 biong 下來** (tsu jiong kai dam ge tseu biong ha loi)：就將擔子的柴放下來。「kai 擔」肩膀挑著的擔子，kai 客語寫做「提手旁加亥」，普通電腦查不到。biong 漢字寫做「放」，「放」的客語語音是 biong，讀音是 fong，例如，放心 (fong hsim)。

- **坐在路唇 ge 樹楯休息 dug 目睡** (tso tsai lu sun ge Su Dung hiu hsid dug mug soi)：坐在路邊被砍平的大樹頭休息打瞌睡。「dug 目睡」客語寫成「啄目睡」。

- **kia 等一支樹根做 Ge 拐棍 ne** (kia den id gi Su Gin zo ge Guai Gun Ne)：拿著一支樹根做的枴棍兒，拐棍 ne 是 Guai Gun + e = Guai Gun Ne，gun 字尾子音 n 與 e 連音成為 Guai Gun Ne。

- **做一支簪 me 插到 gia 妹 Ye ge 頭 na 毛 ge 髻鬃肚** (zo id gi Zam Me tsab do gia Moi Ye ge Teu Na Mo ge Gi Zung du)：做一隻簪子插到女兒的頭髮的髻鬃裏。

- **挷下來** (bang ha loi)：拉下來，抽下來。用手拉或抽，客語稱爲「挷」(bang)。
- **問較清楚** deu we (mun ka chin tsu deu we)：問較淸楚些。
- mm **見** ted **了** (mm gien ted le)：不見了。漢字寫做「毋見忒咧」。
- **一下就醒** nge (id ha tsu hsiang nge)：一下子就醒來了。hsiang nge = hsiang + e (せ) 前字字尾子音 ng 與後字母音 e (せ) 連音，讀成 hsiang nge。
- bod **夢** (bod mung)：做夢。bod 漢字寫做「發」，例如，發冷 (bod lang)、發啄愕 (bod dog ngog，卽華語「發楞」)，但讀音是 fad，例如，發達 (fad tad)，發明 (fad min)。
- gu **下去** (gu ha hi)：蹲下去。gu 漢字寫做「跍」。
- au **斷** wog ted (au ton wog ted)：折斷丟掉，au 漢字寫做「拗」，「拗斷」就是折斷，wog 漢字寫做「豁」，「豁 ted」就是丟掉，漢字寫做「豁忒」。
- **過等幸福快樂** ge **日** le (go den Hen Fug Kuai Log ge Ngid Le)：過著幸福快樂的日子。

東郭先生 Lau 狼
Dung Gog Hsin Sang Lau Long

當久以前，有一個教書先生名喊到「東郭先生」，佢 ge 人，心肝當好。有一日，佢帶一袋書，牽等一條毛驢，愛去出遠門，因爲書當重，東郭先生驚毛驢 ba 忒重，就自家揹等書，牽等毛驢趕路，行 kioi e 就在樹下休息。

堵堵好有一條分打獵 ge 人用弓箭射傷 ge 狼，走到東郭先生 ge 面前，裝到當可憐 ge 樣 Nge，向東郭先生要求，講佢係一條好狼，打獵 ge 人愛將佢打死，哀求東郭先生救命。東郭先生看着 lia 條狼當可憐，就將大布袋 di boi ge 書倒出來，喊狼囥到大布袋肚。獵人 giug 來 ge 時節，問東郭先生有看着狼無，東郭先生推講毋知，救了 lia 隻狼 ge 性命。

打獵 ge 人走忒以後，狼從大布袋鑽出來，馬上變到當惡，佢講佢對布袋肚 hib be 歸半日，肚 Ss 當 yau，愛食東郭先生。東郭先生就講，你仰會做得恩將仇報，愛尋三個人評評理。

佢兩儕先請老樹來評理，老樹推講佢聽毋識東郭先生講 mag gai，毋敢做公正人。

然後，兩儕看着一條老牛，請老牛評理。老牛看着狼恁惡，就講，狼既然肚 Ss yau，愛食人也有道理。

最後，佢 deu 看着一個老農夫，老農夫聽着東郭先生 lau 狼各儕講 ge 話，老農夫就講：「Ngai 毋相信有恁仰 ge 事情，你兩儕將經過情形表演一下分 Ngai 看，Ngai zang 知 man 人 ka 有理。」

狼聽着，就再鑽到大布袋肚。老農夫 giag giag 將大布袋口 tag 死死，用 Giog 頭用盡大 ge 力 mag 布袋，將狼打死。

（取材自明代馬中錫的《中山狼傳》客語改寫）

華語註解

- **東郭先生** (Dong Gog Hsin Sang)：先生二字，客語分開發音分別是 Hsien 和 Sen，例如，先行 (hsien hang)，出生 (tsud sen)，注意，「生日」客語發音爲 Sang Ngid，例如，「出生 ge 日 le 就係生日」(tsud sen ge ngid le tsu he Sang Ngid)。「先生」兩字合起來之時，客語通常發音爲 Hsin Sang，是對男人的尊稱，有時專指老師或醫生。
- **ba 忒重** (ba ted tsung)：揹太重，ba 漢字寫做「揹」。
- **自家揹等書** (chid ga ba deng Su)：自己揹著書。「自家」也有人發音爲 Tsts ga。
- **行 kioi e 就在樹下休息** (hang kioi e tsu tsai Su ha hiu hsid)：走累了就在樹下休息，kioi 是客語的很累，有一個不常用漢字，電腦找不到。

- **堵堵好** (du du ho)：剛剛好。
- **分打獵 ge 人用弓箭射傷 ge 狼** (bun Liab Ngin yun Giung Jien sa song ge Long)：被獵人用弓箭射傷的狼。「分」的語音是 bun，例如，分家 (bun ga)，分開 (bun koi)，在這裡是「被」的意思；「分」的讀音是 fun，例如，分數 (fun su)，十分鐘 (sb fun zung)。
- **大布袋 di boi ge 書** (tai Bu Toi di boi ge Su)：大布袋裡面的書，di boi 就是裡面。客語漢字寫作「裡背」。
- **獵人 giug 來 ge 時節** (Liab Ngin giug loi ge Ss Jied)：獵人追來的時候。giug 漢字寫做「逐」，例如，逐走 (giug zeu)，但「逐」字客語又可讀爲 dag，例如，「逐日」(dag ngid) 卽「每天」的意思。
- **hib be 歸半日** (hib be gui ban ngid)：悶了整個半天。Hib 漢字寫做「翕」，合起的意思，在這裡表示被布袋合包起來，亦卽「悶」住，但有人亦拿此字當照相的客語「翕相」(Hib Hsiong)。注意，hib + e → hib be 卽前面字尾子音與母音 e 連音讀成 be，hib be 卽「悶了」。歸半日 (gui ban ngid) 是整個半日，「歸」有整個的意思，例如，歸日 (gui ngid) 就是整天。
- **肚 Ss 當 yau** (Du Ss dong yau)：肚子非常餓，yau 漢字爲「枵」，卽爲空腹，華語的成語「枵腹從公」客語發音爲 Yau Bug Tsung Gung。客語稱豬的「內臟」爲「腹內」(Bug Nui)。
- **佢兩儕** (Gi liong sa)：他們兩個人，客語稱兩個人爲「兩儕人」(liong sa ngin)。

- **Ngai 毋相信有恁仰 ge 事情** (Ngai mm hsiong hsin yiu an ngiong ge Ss Chin)：我不相信有這樣的事情，「恁仰」(an ngiong) 就是客語「這樣的」。
- **Ngai zang 知 man 人 ka 有理** (Ngai zang di man ngin ka yiu li)：我才知道誰比較有理。「Man 人」就是「誰」，漢字寫成「麼人」(man ngin)，「麼」(ma) 與「人」(ngin) 連音，讀成 man ngin；ka 就是「較」。
- **將大布袋口 tag 死死** (jiong tai Bu Toi Heu tag hsi hsi)：將大布袋口綁得死死的，「口」的語音爲 heu，例如，一口飯 (Id heu fan)，讀音爲 kieu，例如，人口 (Ngin Kieu)，戶口 (Fu Kieu)。Tag 就是綁緊，有一個不常用的古漢字，電腦查不到。
- **用 Giog 頭用盡大 ge 力 mag 布袋** (yung Giog Teu yung chin tai ge lid mag Bu Toi)：用鋤頭用最大的力氣打布袋，客家人稱鋤頭爲「钁頭」，客語發音爲 Giog Teu；mag 是拿棍子用力打，漢字爲「提手旁，右邊是百字」，不常用字電腦找不到。

阿雪妹
Ah Hsied Moi

（俄羅斯童話故事）

頭擺頭擺，有一個老阿公 lau 一個老阿婆，食到六十零歲，就無子女，也無孫 Ne。有一擺過冬節，佢兩儕行到大門外，看着別人 ge 細人 Ne 對 ge 滾雪球、打雪戰，老阿公就 ngiam 起一粒雪球，講：「老阿婆，假使 En 有一個妹 Ye，像雪恁白、像雪球恁圓，毋知有幾好 we ！

老阿婆看等雪球，搖搖頭講：「有 Mag Gai 辦法 no ？愛對 nai chim 啊？」

老阿公將雪球拿到屋肚窗門唇 hong，biong 到一隻陶瓷罐 Ne di boi，用布巾 kiem 等。日頭出來了，陶瓷罐 ne 分日頭曬到燒燒，雪就開始融化。老阿公 lau 老阿婆突然聽到布巾下背有細人聲對 ge 喊，佢兩儕行到窗門唇一看，陶瓷罐 ne di boi 有一個細阿妹 ye，像雪 an 白，像雪球 an 圓，佢就 lau 老阿公老阿婆講：「Ngai 係阿雪妹，係春天 ge 雪變 nge，春天 ge 日頭花 lau ngai 打扮搽粉打胭脂。」

老阿公 lau 老阿婆非常歡喜，就對陶瓷罐 ne di boi lau gi nam 出來，老阿婆 giag giag 做衫褲分佢著，老阿公用一條大手帕將佢包起來，nam 到胸前，當歡喜 ge 唱歌分佢聽：

阿雪妹，恁得人惜 ge 阿雪妹！

圓圓滾滾，肉色又白，

春雪變 ge 阿雪妹，

日頭花 lau 你打扮到恁靚，

Ngai 煮飯分你食，

Ngai bo tong 分你飲，

Ngai 做靚衫分你著，

教你唱歌 we，

快快樂樂過日 le ！

阿雪妹慢慢 ne 大 ye，佢係恁聰明，恁有智慧，就像童話中 zang 有 lia 種人，老阿公老阿婆當惜佢，惜到像寶貝樣 Nge。

俄羅斯冬天當寒，一群雞 e 全部都 hiug 在屋肚。Lia 下春天到 we，可以 biong 到 no 背 ge 雞欄，由老阿公 hiug ge 大黃狗掌等。

有一日，狐狸來到雞欄邊，看着大黃狗，佢就假病到當重，lau 大黃狗求情：

大黃狗，大黃狗，

強壯勇敢 ge 大黃狗！

你有像獅 e ge 毛，像老虎 ge 尾，

Ngai 寒到會死，又有病痛，

Biong Ngai 入去雞欄燒暖一下好無？

好心 me 大黃狗看着狐狸恁可憐，就 biong 狐狸入來。無想着狐狸趁大黃狗無注意 ge 時節，咬死兩隻雞 e，拖出去食了。

老阿公知着 lia 種事情，用棍 Ne 將大黃狗打一頓，lau 佢 giug 出 no 背，同時當發譴 lau 大黃狗講：「你想愛去 nai 就去 nai，mm 好轉屋家來！」

大黃狗尾 liab liab，目汁含等，走到大山肚，無見忒了。老阿婆 lau 阿雪妹當痛惜大黃狗，也無辦法。

夏天到 we，山頂當多甜甜 ge 刺波 We，阿雪妹想愛 lau 一群細妹朋友去山頂摘刺波 We，老阿公老阿婆毋放心分佢去，該群細妹朋友就發誓講，絕對毋會分阿雪離開佢 deu。阿雪妹又當想愛去，向老阿公老阿婆求情，老阿公老阿婆無辦法，就分佢一隻籃 Me lau 一包大餅，交代佢愛小心，分佢去摘刺波 we。

Lia deu 細妹 Ye 當歡喜，大家手牽手 lau 阿雪妹半行半走就去到山頂，但係佢 deu 一看着恁多刺波 we，就 mag gai 都毋記得了，有 deu 對東片摘，有 deu 對西片摘，大家都摘到當歡喜。

Lia deu 細妹 Ye 摘着當多刺波 We，但係你看 ngai，ngai 看你，正發現阿雪妹毋見忒 le。Ngiong nge chim 都 chim 無，就轉屋家了。

阿雪妹一 sa 人對山頂，喊該 deu 女朋友，但都無人答應。佢 chim 愛轉屋家 ge 路，但係，ngiong nge chim 都 chim 無。阿雪妹 kied 到一頭大樹面頂，大聲對 ge 喊：「Oi ~~ ！ Oi ~~ ！」

一條大白熊行過來，樹下 ge 草 We lau 細樹 We 就分大白熊踏平 nge。大白熊 kia 頭問阿雪妹：「恁靚 nge 細妹 Ye，你愛做 mag gai ？」

樹頂 ge 阿雪妹講：「Au ~~ ！ Au ~~ ！ Ngai 係阿雪妹，春天 ge 雪變成 ge，春天 ge 日頭 lau ngai 打扮搽胭脂，Ngai lau 一群細妹朋友上山摘刺波 We，無想着佢 deu 先走，ngai chim mm 着路轉屋家 le。」

大白熊就 lau gi 講：「你下來，Ngai 做得帶妳轉屋家。」

阿雪妹講：「大白熊，大白熊，我正無愛下去，你會食忒 Ngai ！」

大白熊就行走 we。

Ten 等走來一條大灰狼，佢講：「恁靚 nge 細妹 Ye，恁靚 nge 細妹 Ye，你做 mag gai 叫 Zz ？」

樹頂 ge 阿雪妹講：「Au ~~ ！ Au ~~ ！ Ngai 係阿雪妹，春天 ge 雪變成 ge，春天 ge 日頭 lau ngai 打扮搽胭脂，Ngai lau 一群細妹朋友上山摘刺波 We，無想着佢 deu 先走，ngai chim mm 着路轉屋家 le。」

大灰狼就講：「你下來，Ngai 可以帶妳轉屋家。」

阿雪妹講：「大灰狼，大灰狼，我正無愛下去，你會食忒 Ngai ！」

大灰狼就行走 we。

Lia 下一條狐狸行過來。佢講：「恁靚 nge 細妹 Ye，恁靚 nge 細妹 Ye，你做 mag gai 叫 Zz ？」

樹頂 ge 阿雪妹講：「Au ~~ ！ Au ~~ ！ Ngai 係阿雪妹，春天 ge 雪變成 ge，春天 ge 日頭 lau ngai 打扮搽胭脂，Ngai lau 一群細妹朋友上山摘刺波 We，無想到佢 deu 先走，ngai chim mm 着路轉屋家 le。」

狐狸就講：「阿雪妹！阿雪妹！你生到恁靚，又恁聰明，你 giag giag 下來，Ngai 帶妳轉屋家。」

樹頂 ge 阿雪妹講：「狐狸呀！狐狸呀！我正無愛下去，你講 nge 全部係好聽 ge 話，像蜂糖恁甜，但係，你會帶 ngai 到大灰狼 ge 位所去，你會帶 ngai 到大白熊 ge 位所去，分佢 deu 食忒！」

狐狸對樹下 din 幾下轉，想愛 hsiang 阿雪妹下來。阿雪妹 ngiong nge 就毋下來。

「Wang ！ Wang ！」阿雪妹聽到一條狗 We 對山頂 poi。

阿雪妹大聲對 ge 喊：「Oi ~~ ！ Oi ~~ ！大黃狗！大黃狗！Ngai 當惜 ge 大黃狗！ Ngai 在 lia ！ Ngai 係阿雪妹，春天 ge 雪變成 ge，春天 ge 日頭 lau ngai 打扮搽胭脂，Ngai lau 一群細妹朋友上山摘刺波 We，無想着佢 deu 先走，Ngai chim mm 着路轉屋家 le。大白熊愛帶 Ngai 轉，Ngai 無 ten 佢去，大灰狼愛帶 Ngai 轉，ngai 無 ten 佢去，狐狸想愛 hsiang ngai 下去，Ngai 無上 gia 當。大黃狗！大黃狗！ Ngai ten 你轉屋家！」

狐狸聽着狗 poi ge 聲，著驚一下，走到尾瀉屎。

阿雪妹就從樹頂下來，大黃狗當 tiong，giag giag 過來，用舌 Ma se 阿雪妹，全身就分大黃狗 se 淨 nge。然後大黃狗就帶阿雪妹轉屋家 e。

（取材自中國兒童文學網「雪姑娘」客語改寫。）
http://www.61w.cn/news/wtonghua/1811102323195F1DC4407IF42128GB98.htm

華語註解

- **也無孫 Ne (ya mo Sun Ne)**：也沒有孫子，Sun Ne 是 Sun + e → Sun ne，前字字尾子音 n 與後字 e 連音，發音爲 ne。
- **細人 Ne (se ngin ne)**：小孩子，se ngin + e → se ngin ne。
- **ngiam 起一粒雪球 (ngiam he id liab Hsied Kiu)**：撿起一顆雪球，ngiam 漢字寫做「拈」，撿起來，例如，拈石頭 (ngiam Sag Teu) 是撿石頭。
- **En 有一個妹 Ye (En yiu id ge Moi Ye)**：我們有一個女兒，En 就是我們，妹 Ye 是女兒，moi + e → moi ye 前字字尾爲 i 與後字母音 e 結合時，發音成爲 ye。
- **毋知有幾好 we (mm di yiu gid ho we)**：不知道有多好。「幾」發音爲 gi，受到後字 ho 的影響，變成促音的 gid，ho we 是 ho + e → ho we，前字字尾 o 與後字母音 e 結合時，發音成爲 we。
- **愛對 nai chim 啊 (oi dui nai chim ma)**：要在哪裡找啊，nai 是哪裡，漢字寫成「哪」或是借音字「奈」，chim 是尋找，漢字寫成「尋」；「啊」單獨發音爲 a (ㄚ)，但與前字 chim 字尾子音 m 連音，會發音爲 ma。
- **窗門唇 hong (Tsung Mun sun hong)**：窗門旁邊，「唇 hong」漢字寫爲「唇上」，「上」字通常發音爲 song，這裡產生音變，發音爲 hong，也有人寫成「項」。
- **biong 到一隻陶瓷罐 Ne di boi (biong do id zag To Tsts Gon Ne di

boi)：放到一隻陶瓷罐裡面，biong 就是「放」，di boi 就是「裡面」，漢字爲「裡背」。

- **用布 kiem 等 (yung Bu kiem den)**：用布蓋著，kiem 客語漢字爲「弇」。
- **nam 出來 (nam tsud loi)**：抱出來，nam 是客語的「抱」，漢字寫成「揇」。
- **恁得人惜 (an ded ngin hsiag)**：這麼得到人家的愛，客語的「愛」(oi) 是「要」的意思，國語的「愛」客語通常說「惜」(hsiag)。
- **bo tong**：漢字是「煲湯」。
- **zang 有 lia 種人 (zang yiu lia zung ngin)**：才有這種人。
- **俄羅斯冬天當寒 (Ngo Lo Ss dung tien dong hon)**：俄羅斯冬天非常冷。
- **hiug 在屋肚 (hiug tsai wug du)**：養在屋子裡，hiug 漢字寫做「畜」。
- **lau 佢 giug 出 no 背 (lau gi giug tsud no boi)**：把它趕出外面，giug 漢字寫做「逐」，例如，「逐客令」(giug hag lin)；「no 背」就是外面，漢字寫成「外背」。
- **當發譴 (dong fad kien)**：非常生氣。
- **尾 liab liab (mi liab liab)**：尾巴夾在兩後腿之間。
- **甜甜 ge 刺波 We (tiam tiam ge Tsts Po We)**：甜甜的野草莓。刺波 We (Tsts Po We) 就是野草莓。Tsts Po + e → Tsts Po We。
- **正發現 (zang fad hien)**：才發現，「正」語音是 zang，例如，無正 (mo zang)，讀音是 zn，例如，正確 (zn kog)。

- **一 sa 人** (id sa ngin)：一個人，sa 漢字寫做「儕」。
- **kied 到一頭大樹面頂** (kied do id teu Tai Su mien dang)：爬到一棵大樹上面，kied 是爬，漢字寫成「蹶」。
- **一條大白熊行過來** (id tiau tai Pag Yung hang go loi)：「熊」客語發音爲 yung，「北極熊」客語就是 Bed Kid Yung。中藥「熊膽」客語發音爲 Yung Dam。
- **kia 頭** (kia teu)：舉起頭來，kia 漢字寫成「擎」。
- **Ten 等走來一條大灰狼** (ten den zeu loi id tiau Tai Foi Long)：跟著跑來一條大灰狼，ten 就是跟著，漢字寫成「跈」。
- **din 幾下轉** (din gi ha zon)：繞轉幾圈，繞圈子客語爲 din，電腦找不到字。
- **想愛 hsiang 阿雪妹下來** (hsiong oi hsiang Ah Hsied Moi ha loi)：想要引誘阿雪妹下來。hsiang 就是引誘，例如，hsiang 人食 (hsiang ngin sd) 就是誘人吃，客語漢字寫成「餳」。
- **一條狗 we 對山頂 poi** (id tiau Gieu We dui san dang poi)：一隻狗在山上吠，poi 漢字寫做「吠」，指狗吠。
- **大黃狗當 tiong** (Tai Wong Gieu dong tiong)：大黃狗非常高興，tiong 就是高興，客語漢字寫做「暢」。
- **用舌 Ma se 阿雪妹** (yung Sad Ma se Ah Hsied Moi)：用舌頭舔阿雪妹。「舌 ma」就是舌頭，漢字寫做「舌嫲」， Se 就是舔，漢字寫做「舐」。

當搞怪 Ge 狐狸
Dong Gau Guai Ge Fu Li

（日本民間故事）

頭擺頭擺，山肚有一隻當搞怪 ge 狐狸，專門騙過路 ge 人，拿走佢 deu ge 行李。

有一日，Lia 隻會搞怪 ge 狐狸 ge 事情傳到一個武士 ge 耳空肚，佢講：「明明 zang 係一條狐狸，居然敢拿人 ge 行李，十分無像款，Ngai 一定愛去收煞佢。」所以，武士就揹等幾粒飯糰，出發去山肚狐狸住 ge 地方。

武士在半山腰停下來，手拿等劍，就恁 ne 等狐狸出現。但係等到當久，也無看着狐狸。

武士對 ge 想：「Lia 隻恁搞怪 ge 狐狸，大約知 Ngai 愛來，所以 zang mm 敢出來。」Gi 肚 Ss 也 yau we，就坐在一粒大石頭頂，拿出飯糰，想愛食飯。

堵堵好 lia 下，武士聽着山下有人大大聲對 ge 喊。

武士 biong 下飯糰，企起來，手拿等劍，目珠 dang dang nge 看山下。

突然間，武士看着一條馬 e 走等上來，後背有兩三個耕田人 giug 出來。

「做 mag gai ya？ Ngia ge 馬 e 走忒 le 係無？」武士對 ge 講：「Ngai lau 你 ten 手捉着來！」

但係，lia 條馬 e 就在路 dung ong 正對武士衝過來。「危險 mo！」武士 giag giag 跳到路唇 ge 草埔肚，就 lia 下，像飛樣 nge ge 馬 e 就將武士 ge 飯糰拿走 we。

「壞忒 le！」武士 giag giag 從草埔肚 beu 出來，佢看着 ge 條馬 e 變到緊來緊細，不知不覺中變成一條狐狸，咬等飯糰走忒 le。

武士向下背一看，也無 mag gai giug 馬 e ge 耕田人。

「分佢騙着 we！」武士對 ge 道嘆：「Ngai 堂堂一個武士，竟然分一條狐狸騙着，大失敗大無面子 e！」武士就偸偸 we 走下山。

（材取自滬江日語日本民間故事，客語改寫）

華語註解

- **佢 deu ge**：他們的。
- **明明 zang 係**：明明才是，明明只是，漢字寫成「明明正係」，「正」讀音為 zn，例如，正確 zn kog；語音為 zang，例如，正行出去 zang hang tsud hi，才走出去。
- **十分無像款 (sb fun mo chiong kuan)**：十分不像樣子。
- **收煞佢 (su sad gi)**：收拾它。
- **目珠 dang dang nge 看山下 (Mug Zu dang dang nge kon san ha)**：睜大眼睛看山下，「目 dang dang」，就是睜大眼睛，漢字寫成「瞪瞪」。dang dang + e → dang dang nge，前字字尾子音 ng 與後字母音 e 連音成 nge。
- **在路 dung ong (tsai lu dung ong)**：在路中央，dung ong 漢字就寫成「中央」。
- **危險 mo (ngui hiam mo)**：危險啊！「危險」客語發音為 ngui hiam，常有人發音為 mun hiam 或 vi hiam，應是不正確的發音，但也可聽懂。
- **beu 出來 (beu tsud loi)**：跳出來，beu 漢字寫成「飆」。
- **對 ge 道嘆 (dui ge to tan)**：在那裏嘆氣。

Ngong Ngong Ge 流浪漢

Ngong Ngong Ge Liu Long Hon

（美國民間故事）

有一個流浪漢，差毋多兩三十歲，衫褲著到爛爛 kuan kuan，看起來像一個大 Ngong Gu，常透會去市場唇口討食。

因爲 lia 隻流浪漢看起來當 ngong，當多人會 diau gia Gu Dung，用各種方法去取笑佢。

其中一個 diau Gu Dung ge 方法，就係用手巴掌 biong 兩個銀角 Ge，一個係一角銀，nang ngoi 一個係五角銀，喊 lia 個流浪漢去選，選着就分佢。

大家感覺最好笑 ge 就係，dag 擺 lia 個流浪漢就拿一角銀，大家都哈哈大笑，笑 lia 個流浪漢居然毋知五角銀較大，大家都笑佢實在有 han ngong，毋曉得選五角銀較多錢。

過了一段時間，有一個好心 ge 婦人家常透幫助 lia 個流浪漢，就問流浪漢：「你正經毋知五角銀比一角銀較大係無？」

流浪漢就笑笑 we 講：「假使 Ngai 拿五角銀，佢 deu 就毋會再 deu dong Ngai，Ngai 就連一角銀就無好拿 e。」

（根據美國民間故事，客語改寫。）

華語註解

- **Ngong ngong ge**：傻傻的。Ngong 漢字寫成「戇」。
- **爛爛 kuan kuan (lan lan kuan kuan)**：衣服破破爛爛，kuan 漢字寫成「擐」表示提起，衣服太破爛，有時要用手抓著提起。
- **大 Ngong Gu (Tai Ngong Gu)**：大傻瓜，漢字寫成「大戇牯」。
- **常透 (tsong teu)**：經常。
- **diau gia Gu Dung**：開他玩笑，漢字寫成「刁厥古董」，gia 漢字寫做「厥」就是「其」或「他的」。
- **biong 兩個銀角 ge (biong liong ge Ngiun Gog Ge)**：放兩個硬幣，biong 漢字寫成「放」，注意：「放」的讀音是 fong，例如，放心 (fong hsim)，語音是 biong，例如，放下來 (biong ha loi)。銀角 Ge (Ngiun Gog Ge)：硬幣，漢字有「銀角子」的意思，Ngiun Gog + e (ㄝ) = Ngiun Gog Ge，前字字尾子音 g 與母音 e 連音，讀成 Ngiun Gog Ge。
- **nang ngoi**：另外。
- **dag 擺 lia 個流浪漢就拿一角銀 (dag bai lia ge Liu Long Hon tsu na id gog ngiun)**：每次這個流浪漢就拿一角硬幣，「dag 擺」：每次，dag 漢字寫成「逐」。
- **毋知五角銀較大 (mm di Ngng Gog Ngiun ka tai)**：不知五毛錢較大。「較」在此爲客語語音爲 ka，例如，較多 (ka do)，讀音爲

gau，例如，比較 (bi gao)。

- han ngong：很傻。客語漢字寫成「還戇」。
- **有一個好心 ge 婦人家** (yiu id ge ho hsim ge Fu Ngin Ga)：有一個好心的婦人家，即好心的婦人，或好心的太太。客家人也稱妻子爲「婦人家」，客語「Nga 婦人家」(Nga Fu Ngin Ga) 即「我內人」；「太太」現也從華語變成爲客家語彙，以示尊稱別人的妻子。現在語言交流頻繁，外來語很多，由華語轉來的更多。
- deu dong Ngai：deu dong 客語表示逗弄、引誘或勉強要人接受，deu dong 客語漢字寫成「鬥當」，deu dong Ngai，即「想盡辦法讓我接受」，這「當」字在這裡音調如同客語「當店」(華語「當鋪」的「當」。

包公審石
Bau Gung Sm Sag

「買油條哦！買油條哦！」

「當好食 ge 油條哦！買油條哦！一條 zang 五角銀哦！」

一個看起來十五六歲 ge 後生，dag 日當早就 hong 床，用菜籃裝等母親炸好 ge 油條，行到大街小巷去賣油條。因爲 gia ge 油條當好食又當 chi，所以生理也非常 ge 好。無幾久 we，錢袋肚就裝 nem 油漬漬 le ge 銀角 ge。

有一個賊 le，閒神野鬼毋煞猛做事，專門偷人 ge 錢。有一日，佢趁賣油條 ge 後生無注意 ge 時節，將 gia ge 錢袋偷走。

賣油條 ge 後生發現錢袋分賊 le 偷走 we，nai 尋都尋無，就行到衙門去報案，拜託縣大人捉賊。

現任 ge 縣大人就係有名 ge 包公。包公傳令下去，派衙丁四處去捉賊。包公問賣油條 ge 後生，錢袋對 nai vi mm 見 ted，賣油條 ge 後生講，佢在一粒大石頭下賣油條時，錢就 mm 見 ted le。包公當發譴，就講，「一定係 lia 粒大石頭偷走 ngia ge 錢袋。」就命令衙丁將 lia 粒大石頭扛到衙門，佢愛審 lia 粒大石頭。

包公愛審石頭 ge 消息馬上傳到大街小巷，石頭毋會講話，大家就對該想，毋知包公愛 ngiong nge 審。

審石 ge 日 le 到 we，大家都到衙門去看包公 ngiong nge 審石，衙門肚 jiam 到 zad zad ge 人。

「升堂！」衙丁總管大聲對該喊。大家就看着包公著等一身官服，面帶嚴肅，坐在審判桌 ge 後背。

包公拿起響板，Pag 一聲拍到審判桌，開口講：「將大膽 ge 賊 le 捆到面前來！」

一聲令下，有四個衙丁用槓 nge 將石頭扛到包公 ge 面前。對 ge 企等看審 ge 人無人敢出聲，目金金 me 對 ge 看包公愛 ngiong nge 審。

包公再拿起響板，Pag 一聲拍到審判桌，大聲對 ge 講：「膽大包天 ge 賊 le，報上 ngia ge 名姓來！」

但係 lia 粒石頭 diam diam 一句話都毋講，包公還較發譴，再拿起響板，Pag 一聲拍到審判桌，大聲對 ge 喊衙丁：「可惡 ge 賊 le，縣大爺問話，居然毋回答，lau Ngai 打，大大力 ge 打！」

兩個衙丁就拿起槓 nge，大大力對 ge mag 石頭，無想着一個衙丁用 ted 大力，槓 nge 就 mag 斷 ne，有一截斷 ted ge 槓 nge 彈着 nang ngoi 一個衙丁，害佢 giag giag 跳開，無企穩，佢就打一下跟斗，滿堂 ge 人就哈哈大笑。

包公又拿起響板，Pag 一聲拍到審判桌，大聲講：「肅靜 ge 公堂之上，大家居然敢笑鬧，衙丁，將大門關起來，每個人愛罰五角銀！」

佢就命令衙丁 kuan 一桶水，每一個人就愛 deb 五角銀入水桶肚，由衙丁總管對 ge 看。

大家就排等列 le，deb 五角銀對水桶肚，衙丁總管講可以，zang 做得離開。有一 sa 人將五角銀 deb 到水桶肚 ge 時節，衙丁總管看着有油鏡浮出來，馬上對 ge 喊：「lia 隻就係賊 le，來人哪，lau 佢捆起來！」

包公審石，最後正經捉着偷拿賣油條 ge 後生 ge 錢袋 ge 賊 le。

（根據小時聽到的故事，客語改寫。故事來源已經不清楚。）

華語註解

■ **zang 五角銀哦** (zang Ngng Gog Ngiun no)：才五毛錢而已喔，zang 漢字寫成「正」，表示「才要」。「五」客語發音爲 ngng，前面的 ng 是後鼻音的子音，後面的 ng 則是子音式母音，子音加母音合成字音。Ngng Gog Ngiun + o → Ngng Gog Ngiun no，前字字尾子音 n 與後字母音 o 連音成 no。

■ **dag 日當早就 hong 床** (dag ngid dong zo tsu hong tsong)：每天很早就起床，「dag 日」漢字寫做「逐日」。「hong 床」就是起床，hong 有不常用漢字，足字旁右邊是亢，電腦找不到。

■ **因為 gia ge 油條當好食又當 chi** (yin vi gia ge Yiu Tiau dong ho sd yiu dong chi)：他的油條好吃又很新鮮，客語稱「新鮮」爲 chi，漢字寫做「萋」。現在也有許多客家人接受華語的說法稱爲新鮮。

■ **錢袋肚就裝 nem 油漬漬 le ge 銀角 ge** (Chien Toi du tsu zong nem yiu jid jid le ge Ngiun Gog Ge)：錢袋裡就裝滿沾了油跡的硬幣，「裝 nem」就是裝滿，nem 的客語古漢字寫成「淰」。

■ **賊 Le** (Tsed Le)：小偷。漢字寫成「賊仔」，注意，「仔」字如華語的「子」，但在「仔」字跟在許多前面名詞後面的客語發音會產生音變，造成不同發音，這與華語不同，例如，「鴨仔」(Ab Be)，「石仔」(Sag Ge)，「戇仔」(Ngong Nge) ……等等，所以採取簡明客語拼音較能反映客語正確發音。

■ **衙門** (Nga Mun)：縣太爺辦公的地方。

- **錢袋對 nai vi mm 見 ted** (Chien Toi dui nai vi mm gien ted)：錢袋在哪裡不見，nai vi 就是哪裡，漢字寫成「哪位」，「mm 見 ted 」是不見了，漢字寫成「毋見忒」。

- **一定係 lia 粒大石頭偷走 ngia ge 錢袋** (Id tin he lia liab Tai Sag Teu teu zeu ngia ge Chien Toi)：一定是這個大石頭偷走你的錢袋。Ngia 是客語第二人稱 ngi 的所有格，表示「你的」，漢字寫成「若」，ngia ge 是加強語氣的「你的」。

- **愛 ngiong nge 審** (oi ngiong nge sm)：要怎麼審，ngiong 漢字寫成「仰」。Ngiong + e → ngiong nge，前字字尾子音 ng 與後字母音 e 連音，讀成後鼻音 nge。

- **衙門肚 jiam 到 zad zad ge 人** (Nga Mun du jiam do zad zad ge ngin)：衙門裡擠得很擠的人，jiam 就是擠，客語漢字用借音字「尖」，zad zad 表示很密集，zad 漢字寫做「拶」，非常不常用的客語漢字。

- **Pag 一聲拍到審判桌** (Pag id sang pog do Sm Pan Zog)：Pag 漢字可寫做「啪」，是一個聲音。「拍」客語發音 pog，是用力拍下去 (pog ha hi)，但華語的「拍手」客語通稱「搭手」(dab su)。

- **目金金 me** (mug gim gim me)：眼睛放亮來，gim gim + e → gim gim me，前字字尾子音 m 與後字母音 e 連音成 me。

- **lia 粒石頭 diam diam 一句話都毋講** (lia liab Sag Teu diam diam id gi fa du mm gong)：這顆石頭安靜的一句話都不說，diam diam 就是很安靜的，漢字寫成「恬恬」。

■ **還較發譴 (han ka fad kien)**：更加生氣。客語「發譴」就是發怒。

■ **大大力對 ge mag 石頭 (tai tai lid dui ge mag Sad Teu)**：很用力的在那裏打石頭。用力打客語稱爲 mag，漢字寫做「提手旁，右邊是百字」，電腦無此字。

■ **無企穩 (mo ki wun)**：沒站穩，「企」就是客語的「站」，例如，企鵝 (Ki Ngo)。

■ **打一下跟斗 (da id ha King Deu)**：翻一下跟斗，「跟斗」是俗稱，正確應爲「跟頭」。

■ **肅靜 ge 公堂之上 (sug chin ge Gung Tong zz song)**：肅靜的公堂之上。

■ **kuan 一桶水 (kuan id tung sui)**：提一桶水，客語「提起」是 kuan，漢字爲「擐」。

■ **愛 deb 五角銀 (oi deb Ngng Gog Ngiun)**：要丟五毛錢，deb 就是「丟」，漢字寫成「擲」，如「擲石頭」(deb Sag Teu)。

■ **油鏡浮出來 (Yiu Giang peu tsud loi)**：「浮」客語發音爲 peu。

狼
Long

有一個 Tsts 豬 ge 人，kai 等一擔用竹籃裝等 ge 豬肉轉屋家，天時慢慢暗起來。

忽然間，後背有一條狼 ten 等來，目金金 me 看等 kai 擔 ge 豬肉，想食到口 lan 水就流出來，緊 ten 等 tsts 豬 ge 人 ge 腳步，一直行有幾里路。

Tsts 豬 ge 人開始驚 nge，就拿出 tsts 豬刀嚇佢一下，狼就退幾步，但係 tsts 豬 ge 人轉身向前走，狼又 giug 等上來。

Tsts 豬 ge 人無辦法，心肚對 ge 想，lia 條狼就淨係想愛食豬肉，Ngai 就將豬肉吊到樹頂，天光日 zang 倒轉來拿，看有分狼食忒無。所以，Tsts 豬 ge 人將豬肉拿出來，用賣豬肉 ge 鐵鉤 We 將豬肉吊到樹頂。狼對後背 giug 過來，Tsts 豬 ge 人就拿空籃 Me 分狼看，表示佢已經無豬肉 ge。狼看着恁 ne ge 情形，頭望望 nge 看等樹頂 ge 豬肉，無再 giug 過來。Tsts 豬 ge 人就轉屋家去 ye。

第二日打早，Tsts 豬 ge 人倒轉去大樹下，遠遠看 na 去，當像一大團東西吊在樹頂，佢 lau 着有人對樹頂吊頸死。佢驚驚縮縮，慢慢 ne 行前去看，原來係 ge 條狼吊死在樹頂。佢行前去詳細看，lia 條狼嘴肚含等豬肉，但係吊豬肉 ge 鐵鉤 we 插到狼 ge 嘴角，像一尾魚 nge 分人釣着共樣。

Ge 時節，狼皮當貴，一張狼皮值得十過兩銀 ne，Tsts 豬 ge 人福氣當好，發了一筆小財。

古人講：「樹頂釣毋着魚 Nge。」但係 lia 下樹頂顛倒釣着一條狼，lia 實在也係當稀奇 ge 事情。

（本篇根據桂冠圖書股份有限公司出版的「白話聊齋」客語改寫）

華語註解

- **Tsts 豬 ge 人 (tsts zu ge ngin)**：殺豬的人，tsts 就是殺，有一個古漢字左邊是犀牛的犀，右邊是兩豎刀，電腦無此字，但該字本字為「治」，tsts 豬就是殺豬，tsts 前面的 ts（ㄘ）是子音，後面的 ts 則為子音式母音，子音加母音成為字音。

- **kai 等一擔用竹籃裝等 ge 豬肉轉屋家 (kai deng id dam yung Zug Lam zong den ge Zu Ngiug zon Wug Ka)**：挑著一擔用竹籃裝著的豬肉回家，kai 就是用肩膀挑，漢字為提手旁右邊是亥字，電腦無此字。

- **後背有一條狼 ten 等來 (Heu Boi yiu id tiau Long ten den loi)**：後面有一條狼跟著來，ten 是跟著，漢字寫做「跈」。

- **口 Lan 水就流出來 (Heu Lan Sui tsu liu tsud loi)**：口水就流出來。「口」的語音為 heu 例如，山口 (San Heu)，出口 (Tsud Heu)，但「出口」如是貨物出口，要唸讀音 kieu，所以，貨物出口 (Fo Wud Tsud Kieu)。「口 Lan 水」漢字寫做「口涎水」。

- **嚇佢一下 (hag gi id ha)**：嚇牠一下。

- **狼又 giug 等上來 (Long yiu giug den song loi)**：狼又追著上來，giug 就是追，漢字寫做「逐」，但在「逐日」（每天）時，客語發音為 dag ngid。

- **頭望望 nge (teu mong mong nge)**：頭望著。mong mong nge 是

mong mong + e → mong mong nge，前字字尾子音 ng 與後字母音 e 連音成 nge。

- **無再 giug 過來** (mo zai giug go loi)：沒再追過來，giug 漢字寫成「逐」，就是「追」。
- **遠遠看 na 去** (yen yen kon na hi)：遠遠看過去，kon + a → kon na，前字字尾子音 n 與後字母音 a 連音成 na。
- **佢 lau 着有人對樹頂吊頸死** (Gi lau do yiu ngin dui Su Dang diau giang hsi)：他以爲有人在樹上上吊而死，「lau 着」就是「以爲」，漢字寫做「恅着」。
- **像一尾魚 nge 分人釣着共樣** (chion id mi Ngng Nge bun Ngin diau do kiung yong)：像一條魚被人釣到一樣，「魚 Nge」是 Ngng + e → Ngng Nge，前字字尾子音 ng 與後字母音 e 連音成 nge。「分人釣着」(bun ngin diau do) 是「被人釣到」，「分」在這裡發語音 bun。
- **Ge 時節** (Ge Ss Jied)：那個時候，漢字寫做「該時節」。但「該」字在「應該」時，發音爲 yin goi，「時」(Ss) 前面的 s 是子音，後面的 s 是子音式母音，子音加姆音合成字音 Ss。
- **顛倒釣着一條狼** (dien do diau do id tiau Long)：反倒是釣到一條狼。
- **當稀奇 ge 事情** (dong hi ki ge Ss Chin)：非常稀奇的事。

藍色 Ge 目汁
Lam Sed Ge Mug Zb

(英國民間故事)

當久當久以前，有一個十七歲 ge 小姐，生來當靚，性體又好。太子交代佢在城堡中織布，佢 dag 日就當煞猛對 ge 織布，因爲佢最大 ge 願望就係能夠嫁分當斯文又有學問 ge 後生太子。

有一暗 Bu，有一個藍色 ge 小鬼靈精行入屋肚來，lia 個小鬼靈精看起來非常 ge 精靈，歸身從上到下都係藍色，目珠也係藍色，著 ge 衫褲也全係藍色。佢 lau 小姐講，佢願意幫忙小姐織布，每日織五匹布，足足織一年，條件就係對 lia 一年中間，小姐每日有三次機會愛團 gia ge 名 nge，假使一年間就團毋出，小姐就定著愛嫁分藍色 ge 小鬼精靈；假使團對 ye，小姐就可以照 gia 願望嫁分當斯文又有學問 ge 後生太子。小姐聽 nga 着，馬上答應。

從該日以後，藍色 ge 小鬼靈精 dag 暗 Bu 就會來，當煞猛 lau 小姐織布，同時佢會講當多城堡外 ge 事情分小姐聽，也會講當多笑話分小姐笑，分 lia 個十七歲 ge 小姐 dag 日就過着眞快樂。

但係，dag 日到愛團藍色 ge 小鬼靈精 ge 名 nge ge 時節，小姐想出所有 ge 名 nge 來團，就團 mm 着，像係全世界無人知佢安到 mag gai 名。

一年 ge 時間當 giag 過去，最後 ge 一日到 we，當斯文又有學問 ge 後生太子來看小姐織布 ge 情形。佢 lau 小姐講：「Ngai 頭下看着一個當生趣 ge 藍色 ge 小鬼靈精對外背跳來跳去，像人當 tiong 樣 nge，佢對 ge 講，哈哈，man 人都毋知 Ngai 安到 To Mi To Lu ！ man 人都毋知 Ngai 安到 To Mi To Lu ！哈哈！」

Lia 下聰明 ge 小姐馬上就知藍色 ge 小鬼靈精 ge 名 Nge le。

Ge 最尾暗 Bu，藍色 ge 小鬼靈精非常歡喜 ge 來織布，到愛團 gia ge 名 Nge ge 時節，小姐前兩次 tiau tiau 團毋著，藍色 ge 小鬼靈精 tiong 到面都紅起來，佢想一定可以討着 lia 個生來當靚，性體又好 ge 小姐做餔娘。但是，最後一次，小姐講：「你安到 To Mi To Lu 係無？」

藍色 ge 小鬼靈精聽 nga 着，著驚一下，頭 na 就 ngong 忒 le，當久當久，佢 mag gai 話就無講，非常非常傷心，目汁含等，就走忒 le，無再過倒轉來。

生來當靚，性體又好 ge 小姐最後達成 gia ge 願望，歡歡喜喜 ge 嫁分當斯文又有學問 ge 後生太子。但是，佢有時還會想起 ngong ngong nge lau 佢織布一年 ge 藍色 ge 小鬼靈精，因爲 lia 個藍色 ge 小鬼靈精愛離開 ge 時節，歸面 ne 都係當傷心 ge 目汁，藍色 ge 目汁。

（根據英國民間故事，客語改寫）

華語註解

- **dag 日** (dag ngid)：每天，漢字寫做「逐日」。
- **後生太子** (heu sang Tai Zz)：年輕的王子。
- **有一暗 Bu** (yiu id Am Bu)：有一個晚上，暗 bu 漢字應該寫成「暗烏」，其中「暗」發音為 am，「烏」發音為 wu，但 am 的字尾子音 m 是閉口音，影響到下字 wu 的發音，成為發音 am bu，所以現在許多人都用借音字「暗晡」來表示晚上。「晡」原意是申時，即下午三到五點。
- **佢 lau 小姐講** (Gi lau Seu Ji gong)：他跟小姐講，lau 漢字寫成「摎」，是一個客語的象形借音字。
- **愛團 gia ge 名 Nge** (oi ton gia ge Miang Nge)：要猜他的名字，客家人稱猜謎語是 ton Liang Nge，有人寫成漢字「團令子」，「團」就是猜，「令子」(Liang Nge) 就是謎語。名字 Miang Nge 發音 miang + e → miang nge，「令子」Liang Nge 發音 liang + e → liang nge。
- **就團 mm 着** (ton mm do)：猜不到，漢字寫成「團無着」，如果是猜不對，客語稱「團無著」(ton mm tsog)。
- **無人知佢安到 mag gai 名** (mo Ngin di gi on do mag gai Miang)：沒人知道他叫做什麼名字。客語稱取名為「安名」(on Miang)。mag gai 漢字寫成「麼个」，「麼」字發音接後字會因後字發音而產生音變，除 mag gai 之外，如「麼儕」(ma sa)，「麼人」(man ngin)，「麼」的發音都不同，這是客語特性之一。

■ **Ngai 頭下 (Ngai teu ha)**：我剛才，「頭下」客語就是「剛才」。

■ **當生趣 (dong sen chi)**：非常有趣。

■ **像人當 tiong 樣 nge (chiong Ngin dong tiong yong nge)**：像人家很高興的樣子。tiong 就是高興，漢字寫做「暢」。樣子 Yong Nge 發音 yong + e → yong nge。

■ **man 人 (man ngin)**：什麼人、誰，客語寫成「麼人」。

■ **tiau tiau 團 mm 著 (tiau tiau ton mm tsog)**：故意猜不對，tiau tiau 就是故意，漢字寫做「挑挑」，有引誘、挑逗的意思。

■ **頭 na 就 ngong 忒 le (Teu Na tsu ngong ted le)**：頭都呆住了。

■ **ngong ngong nge lau gi 織布一年 (ngong ngong nge lau gi zd bu id ngien)**：傻傻的跟她織一年布。ngong ngong nge 發音 ngong ngong + e → ngong ngong nge。

■ **歸面 ne 都係當傷心 ge 目汁 (gui Mien Ne du he dong song hsim ge Mug Zb)**：滿面都是非常傷心的眼淚。「歸面 Ne」是「滿臉兒」，發音 gui mien + e → gui mien ne。前字字尾子音 n 與後字母音 e 連音成 ne。

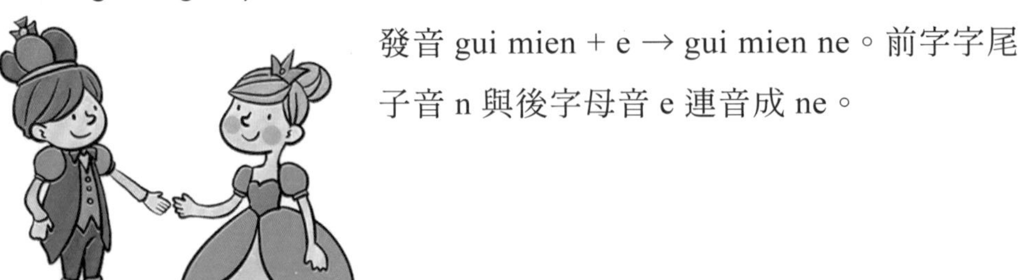

石頭湯

Sag Teu Tong

(法國民間故事)

頭擺頭擺，有三個士兵，對戰場作戰忒愛轉故鄉，回鄉途中，行到當 tiam，三個士兵就在一個無熟事 ge 村莊停下來休息。

Lia 三個士兵已經兩日無食 mag gai 東西 e，莊頭人知三個兵 Nge 一定肚 Ss 盡 yau，會食當多東西，所以佢 deu 全部都將食物囥起來。

三個士兵分頭去 dag 家敲門，討 deu 東西來食。莊頭人家家戶戶就騙佢 deu 講屋家實在無 mag gai 東西好食，也無位所好 hed，dag sa 人還 giug 到肚 Ss 當 yau 當可憐 ge 樣 nge。

三個士兵強強就餓到全身無力 le，mm 知愛 ngiong 般 zang 好。其中一個當巧當聰明 ge 士兵想出一個好辦法。佢大聲對莊頭人宣佈：「暗 Bu 夜愛做一大鑊石頭湯，請全村 ge 人來食！」

莊頭人全部都感覺着當奇怪，石頭愛 ngiong nge 煮湯？還愛請全村 ge 人來食。佢 deu 心肚對 ge 想：反正 En 就無損失，就 lau lia 三個士兵準備大鑊頭，愛煮湯 ge 水，lau 一大堆樵。水滾以後，三個士兵正用三粒會有拳頭 Ma 恁大粒 ge 圓石頭，開始煮石頭湯咧。

煮一段時間以後，當巧當聰明 ge 士兵拿起長柄 ge 杓 ge，yeu 起湯來試嚐 nga，然後講：「味道不錯，但是，假使加 deu we 蘿蔔 Le 放落去，會過較好。」

有一個莊頭人 du du 好屋家有蘿蔔 le，佢就轉去拿來，削削 ga，biong 到石頭湯 di boi。

又煮 we 一段時間，當巧當聰明 ge 士兵又拿起長柄 ge 杓 ge，舀起湯來試嚐 nga，然後講：「味 Hsi 當好，但係，係加 deu 牛肉放落去，會過較好。」

唇口有一個莊頭人堵堵好屋家有牛肉，佢就轉去拿牛肉放到石頭湯裡背。

再煮 we 一段時間以後，當巧當聰明 ge 士兵又拿起長柄 ge 杓 Ge，舀起湯來試嚐 nga，然後講：「味緒當好，但係，假使加 deu 青菜、番薯簽、鹽 lau 味素放落去，會過較好。」

有兩個莊頭人就轉去拿青菜、番薯簽、鹽 lau 味素，放到石頭湯裡背。

後來又有莊頭人轉去拿麥酒、大餅，一大鑊當神奇 ge 石頭湯，就恁 ne 煮好 we，味緒又好，全村 ge 人就恁 ne lau 三個士兵共下食夜，大家都快快樂樂 ge 享受一餐好食 ge 石頭湯，不但解決三個士兵肚 Ss yau ge 問題，全村 ge 莊頭人 ma 感覺着當爽快。

（取材自臉書 Stonesoup Communication，客語改寫）

華語註解

- **行到當 tiam (hang do dong tiam)**：走到非常累，tiam 是疲倦、累，tiam 漢字寫做非常不常用的「悿」。
- **一定肚 Ss 盡 yau (id tin Du Ss chin yau)**：一定肚子很餓，yau 漢字寫做「枵」。
- **佢 deu 全部都將食物囥起來 (Gi deu chion pu du jiong Sd Wud kong hi loi)**：他們全部都將食物藏起來。囥 (kong) 就是藏起來。
- **分頭去 dag 家敲門 (fun teu hi dag ga kau mun)**：分頭去每家敲門，dag 漢字寫做「逐」，dag ga 就是「逐家」。
- **討 deu 東西來食 (to deu dung hsi loi sd)**：討些東西來吃，「討 deu」漢字寫做「討兜」，「兜」就是一些。
- **也沒位所好 hed (ya mo Vi So ho hed)**：也沒有地方可住，hed 漢字寫做「歇」，就是「住」。
- **dag sa 人還 giug 到肚 Ss 當 yau 當可憐 ge 樣 Nge (dag sa ngin**

hang giug do Du Ss dong yau dong ko lien ge Yong Nge)：每個人還裝到肚子很餓很可憐的樣子，giug 就是「裝模作樣」，客語漢字寫做「挶」。

- **當 kiau 當聰明** (dong kiau dong tsung min)：非常巧非常聰明。巧 kiau 又發音為 kau，漢字都寫成「巧」，很機巧的意思。

- **暗 Bu 夜愛做一大鑊石頭湯** (Am Bu Ya oi zo id Tai Wog Sag Teu Tong)：今天晚上要做一大鍋石頭湯，「暗 Bu 夜」漢字應該寫成「暗烏夜」，其中「烏」wu 受上字閉口音的影響產生音變，發音 bu，但現在人都用借字「暗晡夜」來表示。「一大鑊」，「鑊」就是古時烹煮食物的鍋子，如「鼎鑊」，客語有「大鑊亖滾細鑊抛抛滾」：「灶頭生草鑊生鏀」。但「鑊」現在並不常見到，常以「鍋」字取代。

- **En 就無損失** (En tsu mo sun sd)：我們就沒有損失。

- **一大堆樵** (id tai doi tseu)：一大堆柴，客語稱柴為「樵」(Tseu)。

- **正用三粒會有拳頭 Ma 恁大粒 ge 圓石頭** (zang yung sam liab voi yiu Kien Teu Ma an tai liab ge Yen Sag Teu)：才用三個會有拳頭這麼大顆的圓石頭。

- **長柄 ge 杓 ge** (tsong Biang ge Sog Ge)：長柄的杓子，Sog Ge (杓子) 發音 sog + e → sog ge，前字字尾子音 g 與後字母音 e 連音成 ge。

- **yeu 起湯來試嚐 nga** (yeu hi Tong loi ss tsong nga)：舀起湯來嘗嘗看，yeu 漢字寫做「舀」(一ㄠˇ)，就是用瓢或杓裝起液體。「嚐 nga」就是嚐嚐看，tsong + a (ㄚ) = tsong nga，前字字尾子

音 ng 與後字母音連音，讀成 tsong nga。

- **放落去** (biong log hi)：放進去，漢字寫成「放落去」，「放」在這裡發音爲 biong，但是，「放心」發音爲 fong hsim。
- **削削 ga，biong 到石頭湯 di boi** (hsiog hsiog ga，biong do Sag Teu Tong di boi)：削削了以後放到石頭湯裡面，di boi 漢字寫成「裡背」，表示裡面。
- **味 Hsi 當好** (Mi Hsi dong ho)：味道非常好，「味 Hsi」客語寫成「味緖」。受華語教育的影響，現在客語說成「味道」(Mi To) 亦聽得懂，也很多人說，也是從華語來的外來語。
- **係加 deu 牛肉放落去** (he ga deu Ngiu Ngiug biong log hi)：如果加些牛肉放進去，客語說「如果」會在句前加「係」(he) 表示「如果是」，「放落去」(biong log hi) 就是放進去。
- **轉去拿麥酒** (zon hi na Mag Jiu)：回去拿啤酒。「麥酒」客家人有時會沿用日語 Beer 的發音爲 Bi Lu。
- **不但解決三個士兵肚 Ss yau ge 問題** (bud dan gie gieg sam ge Ss Bin Du Ss yau ge Mun Ti)：不但解決三個士兵肚子餓的問題，「肚 Ss」漢字寫做「肚屍」，yau 漢字寫做「枵」(ㄒㄧㄠ)，表示空虛，如「枵腹從公」(yau bug tsung gung)。「從」(tsung) 也有很多人發音爲 chiung。
- **全村 ge 莊頭人 ma 感覺着當爽快** (chion tsun ge Zong Teu Ngin ma gam gog do dong song kuai)：全村的莊頭人也感覺到非常快樂。

報冤仇
Bo Yen Su

(客家民間故事)

頭擺頭擺有一個十七八歲 ge 後生，十分鱸鰻，當會欺負人，看着一個比佢較文弱 ge 書生，總愛刁 gia 古董，毋係 lau gia 書囥起來，就係 lau gia 字簿 we wog 到遠遠，害 ge 文弱書生尋到會死。

Lia 個鱸鰻後生平常無注意衛生，生着一頭 na ge 臭頭，臭頭 ha 擺會爛忒，流膿出來，搽 mag gai 臭頭藥膏都無用。所以，gia 頭 na 總係烏一 dab，白一 dab，搽臭頭藥膏部分就係烏 e，流膿出來 ge 部分就係白 ge。

文弱書生常透分鱸鰻後生欺負，總想愛尋一個方法來報冤仇。有一擺，佢看着有一個捉魚 ge 人，對山頂 bang 幾綑辣椒草，在河壩唇捶綿綿，並在河壩當多魚 nge ge 地方，用石頭隔起來，然後將捶綿 ge 辣椒草，像愛將衫褲 zun 燥來共樣，對 ge zun 辣椒草，辣椒水就溶到水裡，過無幾久，當多魚 nge 就 peu 起來，捉魚 nge ge 人就捉着當多魚 Nge。

想愛報冤仇 ge 文弱書生，lia 下想着一個方法。有一日，佢看着鱸鰻後生去便所痾屎 ge 時節，tiau tiau 行到 gia 便所後背，

giug 到細細聲 nge 對 ge 講：「Ngai 知一個醫臭頭 ge 祖傳藥方，就係用辣椒草捶綿 ge 辣椒水來洗頭 na，Ngai 就無愛 lau ge zag 臭頭 we 講。」

鱸鰻後生對便所內聽着，心肚偷笑，「he he，佢無愛 lau ngai 講，he he，就分 ngai 聽着 we。」

後來聽講鱸鰻後生正經用辣椒水去洗頭 na，臭頭無醫好，但係分辣椒水辣到喊毋敢。

（根據小時在苗栗鄉下聽到的故事改寫。）

華語註解

- **毋係 lau gia 書囥起來** (mm he lau gia Su kong hi loi)：不是把他的書藏起來。
- **lau gia 字簿 we wog 到遠遠** (lau gia Ss Pu We wog do yen yen)：把他的寫字簿丟得很遠。Wog 漢字寫做「豁」，拋棄，丟掉。Ss Pu + e → Ss Pu we，前字母音 u 加後字母音 e，會自然生成 we 的發音。

- **尋到會死** (chim do voi hsi)：找得要死，「尋」客語發音爲 chim。
- **鱸鰻後生** (Lu Man Heu Sang)：年輕的流氓。
- **臭頭 ha 擺會爛忒** (Tsu Teu ha bai voi lan ted)：臭頭有時會爛掉，「ha 擺」就是有時候。
- **烏一 dab，白一 dab** (wu id dab，pag id dab)：一部分黑，一部分白。Id dab 就是一片，dab 客語漢字寫成「搭」。
- bang **幾綑辣椒草** (bang gi kun Lad Zeu Tso)：拔幾綑辣椒草，bang 漢字寫做「挷」。
- **像愛將衫褲** zun **燥來共樣** (chiong oi jion Sam Fu zun zau loi kiun yong)：像要把衣服擰乾一樣，zun 漢字寫做「撙」，用力擰。
- **當多魚** nge **就** peu **起來** (dong do Ngng Nge tsu peu hi loi)：很多魚就浮起來。Peu 漢字寫做「浮」。
- tiau tiau **行到** gia **便所後背** (tiau tiau hang do gia Pien So heu boi)：故意走到他的廁所後面，tiau tiau 就是故意，漢字寫做「挑挑」。
- giug **到細細聲** nge **對** ge **講** (giug do se se Sang Nge dui ge gong)：裝到小小聲在那裏講。giug 是假裝，漢字寫做「搞」。
- he he，**就分** ngai **聽着** we (he he，tsu bun ngai tang do we)：嘿嘿，就被我聽到了。「嘿嘿」是得意狀發出的聲音。

一個單丁子 Ge 故事

Id Ge Dan Den Zz Ge Gu Ss

「單丁子」，就係父母親 zang giung 着一個 Lai Ye，所以父母一切希望都寄在 lia 個 Lai Ye 身上，希望佢好好傳家、光宗耀祖。

頭擺美國一個有錢人 lau gia Lai Ye 都當喜歡收集有名 ge 畫家 ge 作品，看着名畫家 ge 作品，無論花幾多錢都愛收集着來。所以，佢父子收集 ge 名畫，包括現代印象派畫家 Picasso，後印象派畫家 Van Gogh 到過去文藝復興時代有名 ge 古典畫家 Raphael ge 有名作品。因爲 gia 餔娘早早過身，lia ge 單身有錢 ge 老人家逐日都 lau gia Lai Ye 坐共下，共下欣賞佢收集來 ge 世界名畫作品。

越南戰爭爆發，美國派兵到越南作戰，美國後生當多分政府調兵去參戰，lia 位有錢人 ge Lai Ye 也分政府調着兵，經過一段嚴格訓練後，就派到越南參加作戰。

戰爭非常 ge 慘酷激烈，lia 位後生作戰也當勇敢，一粒砲彈打過來，面前戰壕 ge 美國兵死傷慘重，lia 個後生看着有幾個受傷 ge 士兵，遽遽跳出戰壕將受傷 ge 兵 ne 揹到後背安全 ge 地方。在佢揹完最後一個傷兵 ge 時節，一粒子彈打着 gia ge 胸脯，不幸，lia 個勇敢 ge 兵 Ne 光榮陣亡了。

過無幾久，美國國防部通知 lia 位有錢 ge 老人，gia Lai Ye 爲國犧牲了。Lia 個有錢 ge 老人失去了可以繼承家業 ge 單丁子，非常傷心，過後，寂寂莫莫 ge 過日 le。

美國 ge 聖誕節到 we，外背落一層兩三吋 ge 雪，lia 個有錢 ge 老人第一次過無 Lai Ye ge 聖誕節，感覺着當傷心，對窗門看一蕊一蕊 ge 雪花落下來。

忽然間，佢看着一個後生拿等長包袱踏雪對 gia 屋家行過來，撳 gia ge 門鈴，有錢 ge 老人家開門請佢入來。

「阿伯，」lia 個後生講：「Ngai 係分 ngia Lai Ye 救着 ge 兵 ne，ngia Lai Ye 爲了救 ngai，不幸分銃子打着，當場陣亡。」

Lia 個後生講，佢在軍中 lau gia Lai Ye 盡相好，知 lia 位有錢 ge 老人當喜歡藝術，堵堵好 lia 個後生也有學畫，所以，兩儕人當有話好講，gia Lai Ye 爲了救 佢，不幸自家中彈，所以，佢講：「nga lia 條命係 ngia Lai Ye 賜分 Ngai ge。」

佢回國以後，就用心畫一張油畫，愛送分 lia 個有錢 ge 老人家。

有錢 ge 老人將油畫攤開來，係 gia Lai Ye ge 畫像，不但畫來當像，兩粒目珠 ge 目神，就像還生共樣。有錢 ge 老人不知不覺目汁就流出來。

有錢 ge 老人家問後生：「你愛賣幾多錢？」

後生講：「Lia 幅畫係送分你 ge 禮物。Ngai ngiong nge 就無辦法報答 ngia Lai Ye 救 ngai ge 恩情。」

有錢 ge 老人家將 lia 幅油畫掛到廳下壁爐面頂正中央，逐擺有訪客來拜訪佢，佢一定先紹介 gia Lai Ye ge 畫像，然後 zang 帶佢 deu 參觀佢多年收集 ge 世界名畫。

過 we 幾個月，有錢 ge 老人家自家知來日無多，就請佢盡好 ge 朋友，也係一位有名 ge 律師來作證，立了遺囑。

有錢 ge 老人家過身以後，紐約 ge 蘇富比拍賣行 (Sotheby's) 舉辦一個當大 ge 拍賣會，專門拍賣 lia 個有錢 ge 老人家多年來收集的世界名畫，拍賣 ge 宣傳一推出，馬上引起轟動，世界各國 ge 名畫收集家紛紛前來，想愛搶購 lia 個有錢 ge 老人家收集 ge 名畫。

拍賣場中間掛等 ne 係 lia 位有錢 ge 老人家 ge Lai Ye ge 畫像。

拍賣官拿起拍賣槌，「砰」一聲捶一下拍賣桌：「拍賣開始，首先愛賣 ge 係 lia 張有錢 ge 老人家 ge Lai Ye ge 畫像，請大家出價！」

本來吵吵鬧鬧 ge 拍賣行，一下 e 就 diam 起來，無人想愛買 lia 幅後生 ge 畫像，又毋係名家 ge 作品。

有一個人對後背講：「Lia 張無 mag gai 價值啦，無人愛買啦，跳過 lia 張，拿出第二號 ge 作品來啦！」

但係拍賣官當堅持：「有 man 人出價？ $500 ？ $1,000 ？」

Nan Ngoi 一個人大大聲對 ge 抗議：「En deu 係愛來看 Van Gogh，Picasso ge 作品，跳過 lia 張啦，拜託！」

拍賣官還繼續對 ge 喊：「Lai Ye ge 畫像！ Lai Ye ge 畫像！有 man 人愛買 lia 張 Lai Ye ge 畫像？」

最後，終於有一個聲音從拍賣行最後背傳來：「Ngai 出價 $50 做得無？ Ngai 係窮苦人，無 mag gai 收入，但是 Ngai 喜歡 lia 幅畫，Ngai zang 出得 $50 定定。」

原來 lia 個窮苦人係一生人服伺 lia 位有錢 ge 老人家，lau 佢整理花園 ge 園丁。

拍賣官大聲對 ge 喊：「Lia 下有人出價 $50，還有人愛出較高 ge 價無？ $60 ？ $70 ？ $100 ？」

但是，就無人回答，有一個人對 ge 講：「賣佢 $50 啦，莫浪費時間啦！」佢兜 zang 無愛買 lia 幅 Lai Ye ge 畫像，佢兜愛買世界名畫，該兜價值在百萬甚至千萬美金 ge 名畫。

拍賣官拿起拍賣槌：「$50，一到，兩到，三到。$50 成交！」

大家鬆了一口氣，有一個坐到第二排，西裝筆挺 ge 人對 ge 講：「繼續拍賣該兜有價值 ge 世界名畫吧！」

拍賣官放下拍賣槌：「失禮喲，拍賣會已經結束。」

該兜名流著驚一下：「毋係愛繼續拍賣該兜世界名畫嘛？」

拍賣官就講：「實在當失禮。Ngai 當時分畫作代表人 ge 律師要求舉辦拍賣會 ge 時節，律師分 Ngai 看一個秘密 ge 遺囑，Ngai 做毋得洩漏秘密遺囑 ge 規定，一直到 lia 下 zang 可以宣佈。Lia 次拍賣會，zang 拍賣 Lai Ye ge 畫像定定，man 人買着 Lai Ye ge 畫像，就做得繼承有錢 ge 老人家 ge 所有財產，當然包括世界有名 ge 畫作。Man 人得着 gia ge 單丁子，就得着全部財產！」

根據佚名作者所寫的 The Story of a Son，客語改寫。

http://www.jaredstory.com/story_of_a_son.html

華語註解

- **單丁子** (Dan Den Zz)：華語稱爲獨生子。「單」表示一個，「丁」就是男丁。

- **zang giung 着一個 Lai Ye** (zang giung do id ge Lai Ye)：才生下一個兒子。Lai Ye 是 Lai + e → Lai Ye，前字的 i 與後字的 e 連音，讀成 Lai Ye。Lai 有人寫做「徠」是以音借字。客家人稱生孩子爲 giung，例如，giung Lai Ye (生兒子)，giung Moi Ye (生女兒)，giung 漢字寫做「降」，這個字其他意思比較常用，例如，投降 (teu hong)，降下來 (gong ha loi)。

- **包括現代印象派畫家 Picasso，後印象派畫家 Van Gogh 到過去文藝復興時代有名 ge 古典畫家 Raphael ge 有名作品** (bau gua HienToi Yin Hsiong Pai Fa Ga Picasso，Heu Yin Hsiong Pai Fa Ga Van Gogh do go hi Wun Ngi Fug Hin Ss Toi yiu miang ge Gu Dien Fa Ga Raphael ge yiu miang Zog Pin)：Picasso (1881 – 1973) 是西班牙著名畫家，發音接近客語的 Pi Ka So；Van Gogh (1853 – 1890) 是荷蘭後印象派畫家，漢字名字「梵谷」；Raphael (1483 – 1520) 是義大利著名畫家，發音接近客語的 La Fe Oh。

- **逐日** (dag ngid)：每天。「逐」字在「逐走」(giug zeu) 則發音爲 giug。

- **分政府調兵去參戰** (bun Zn Fu diau bin hi tsam zan)：被政府調兵去參戰。

- **遽遽跳出戰壕** (giag giag tiau tsud Zan Ho)：很快地跳出戰壕。
- **揹到後背** (ba do heu boi)：揹到後面。「揹」客語發音爲 ba。
- **寂寂莫莫** (hsid hsid mog mog)：很寂寞的樣子。「寂」客語發音爲 hsid。
- **揿 gia ge 門鈴** (Kim gia ge Mun Lang)：按他的門鈴。「揿」是用手按住，客語發音 kim。
- **Nga lia 條命係 ngia Lai Ye 賜分 Ngai ge** (Nga lia tiau Miang he ngia Lai Ye ss bun Ngai ge)：我這條命是你的兒子賜給我的。
- **不幸分銃子打着，當場陣亡** (bud hen bun Tsung Zz da do, dong tsong tsn mong)：客語稱子彈是「銃子」。
- **逐擺有訪客來拜訪佢** (dag bai yiu Fong Hag loi bai fong gi)：「逐擺」(dag bai) 就是每次。
- **一下 e 就 diam 起來** (id ha e tsu diam hi loi)：一下子就安靜起來，diam 漢字寫做「恬」。
- **Lia 張無 mag gai 價值啦** (Lia zong mo mag gai Ga Tsts la)：這張沒有甚麼價值啦。「價值」亦有人以閩南語發音轉爲客語發音爲 Ge Dad。
- **En Deu**：就是我們，En 漢字寫成「立人旁加恩字」，普通電腦無此字，Deu 漢字寫成「兜」，當作人稱的多數，例如，「佢兜」(Gi Deu) 是他們，「該兜」(Ge Deu) 是那些。

國王 Lau 一個金幣
Gued Wong Lau Id Ge Gim Pi

當久當久以前，印度國有一個國王，佢做國王 ge 時代，風調雨順，國泰民安，所以，佢一生人享盡榮華富貴，國庫也累積當多金銀財寶。

國王 ge 年紀慢慢老 we，有一日，佢想：「Ngai lia 生人享盡榮華富貴，但係，Ngai 駕崩以後，Nga Lai Ye 做國王，國庫 ge 錢愛分新國王用，Ge Ngai 過身後就完全無金銀財寶可用 nge。做毋得，Ngai 愛重新建立一個新國庫，搜刮國內所有 ge 金銀財寶，分 Ngai 死後可以繼續享福。」

所以國王就開始全力搜刮全國各地 ge 金銀財寶，連 gia Lai Ye lau 妹 Ye 都分佢喊出去搜刮。經過一段時間以後，全國 ge 金銀財寶全部都堆到國王 ge 新國庫 Di 背 ye。

有一個印度後生，有一日看着公主 ge 相貌非凡，生到實在有靚，佢就當喜歡公主，想愛 lau 公主見面。但係 gia 屋家當苦，根本無可能拿 deu 錢去見公主，害起相思病來，一日一日瘦下去。Gia 母親非常惜 Lai Ye，看着恁 ne ge 情形，就 lau gia Lai Ye 講：「Ngia 爸過身時節，嘴肚有 hem 一個金幣，你可以 yed 開塚埔，打開棺材，就可以拿着 ge 枚金幣。」

Lia 個印度後生就去 yed 開 gia 爸 ge 塚埔，在 gia 爸 ge 嘴肚拿着金幣，lau 公主見面，親自將金幣奉獻分公主。

國王看着公主交分佢 ge 枚金幣，佢就召見獻金 ge 印度後生，問佢：「全國 ge 金銀財寶都入到新國庫 we，你對哪位拿着 lia 個金幣？你一定發現了寶藏！」

印度後生稟告國王：「Ngai 確實無發現寶藏。係 nga 母親 lau Ngai 講，nga 父親過身 ge 時節，嘴肚 hem 有一個金幣，Ngai 打開父親 ge 塚埔，拿到 lia 枚金幣。」

國王派人去調查，lia 後生講 ge 係確實 ge 事情，國王 zang 相信。

Lia 件事情分國王受着非常大 ge 震動，佢對 ge 想：「人死 ye，一個金幣都帶毋走，Ngai 搜刮恁多金銀財寶又有 mag gai 用 no？」

根據印度民間故事，客語改寫。

華語註解

- **國王 lau 一個金幣** (Gued Wong lau Id ge Gim Pi)：國王與一個金幣，lau 有「與」、「跟」的意思，客語漢字通常寫做「摎」。
- **Ge Ngai 過身後就完全無金銀財寶可用 nge** (Ge Ngai go sn heu tsu van chion mo Gim Ngiun Tsoi Bo ko yung nge)：那我往生之後就完全沒有金銀財寶可用了。可用 nge (ko yung nge) 是 ko yung + e → ko yung nge，前字尾子音 ng 與後字母音 e (せ) 結合成 nge 音。
- **全部都堆到國王 ge 新國庫 di 背 ye** (chion pu du doi do Gued Wong ge Hsin Gued Ku di boi ye)：全部都堆積到國王的新國庫裡面了。Di 背 ye (di boi ye) 是 di boi + e → di boi ye，前字字尾母音 i 與後字母音 e 連音，形成 ye 音。「Di 背」漢字寫做「裡背」。
- **有一日看着公主 ge 相貌非凡** (yiu id ngid kon do Gung Zu ge Hsiong Mau fi fan)：有一天看到公主的相貌非凡。「看着」的「着」

四縣腔發音為 do`，如同國語注音的四聲，客語的「看着」即華語的「看到」。華語的稱「看到、聽到、撞到、吃到」，客語則稱「看着、聽着、撞着、食着」；華語的「到」字客語四縣腔發音為 do，如同國語注音的一聲，表示地點的抵達，例如，行到台北 (hang do Toi Bed)，或時間的到達，例如，睡到日頭曬尸朏 (soi do Ngid Teu sai Ss Wud)，睡到太陽都曬到屁股了。

- **生到實在有靚** (sang do sd tsai yiu jiang)：長得實在有夠美麗。「靚」(jiang) 客語表示非常美麗。
- **一日一日瘦下去** (id ngid id ngid tseu ha hi)：「瘦」客語發音為 tseu。
- **嘴肚有 hem 一個金幣** (Zoi du yiu hem id ge Gim Pi)：嘴裡含著一個金幣。hem 漢字寫做「含」，客語又發音為 ham。
- yed **開塚埔** (yed koi Zung Pu)：挖開墳墓，yed 漢字寫做「挖」。
- **又有** mag gai **用** no (yiu yiu mag gai yung no)：又有甚麼用呢？

辛苦賺來 ge 錢無共樣

Hsin Ku Tson Loi Ge Chien Mo Kiung Yong

中東阿拉伯國有一個老人家，後生時節，環境毋係盡好，佢煞猛打拚，Mag Gai 事頭都做，慢慢 ne 累積當多財產，到老 we，毋使愁慮生活問題。

但係 gia Lai Ye 就十分毋成人，不但好食懶做，又花錢像流水，老人家仰 nge 教佢就毋會變。

老人家一生人煞猛勤儉，看着自家 ge Lai Ye 係恁 ne ge 情形，實在十分傷心 lau 失望。有一日，佢實在忍毋 heg le，對眠床睡等，lau gia 餔娘講：「En ge 財產，隨便分 man 人就好，絕對毋好分好食懶做、十分 mm 成人 ge Lai Ye。Lia 隻懶尸鬼，mag gai 事都毋會做，En 辛苦一生人正賺着 ge 財產，毋使幾久就會分佢了淨淨。Lia deu 財產絕對毋好分佢！」

Gia 餔娘當惜 Lai Ye，也可以講 Lai Ye 毋成人，完全係分 gia 姆縱壞。

餔娘就 lau 老人家講：「自家 ge 骨肉，財產毋分佢，愛分 man 人？佢恁大人 Ne，仰 nge 好講佢毋會做頭路？」

老人家就講：「好，假使佢會賺錢，你就喊佢去賺，縱然係正賺着一個金幣定定，佢拿轉來，Ngai 就將全部財產分佢。」

第二日，餔娘行到 Lai Ye ge 房間，分佢一個金幣，教佢講：「心肝 Lai Ye，你到外背去行行 nga e，愛去哪就做得，臨暗邊 ne 轉來，將 lia 個金幣交分 ngia 爸，就講係你賺來 ge。」

Lai Ye 就出去尋 gia ge 酒肉朋友，歸日 le 行來行去，到臨暗邊 ne 正轉屋家，將 gia 姆分佢 ge 金幣交分 gia 爸，講係佢賺來 ge。

Gia 爸接着金幣，馬上 deb 到火爐肚，講：「Lia 毋係你賺來 ge 錢！」

Lai Ye 笑笑 we，就行開 ye。

過無幾久，餔娘又分 Lai Ye 一個金幣，lau 佢講：「天光日你去山肚 liau，到臨暗邊 ne，你愛走至少兩里路，走到歸身大汗，將 lia 個金幣拿分 ngia 爸，並 lau 佢講，阿爸，你看 Ngai 歸身大汗，Lia 個金幣實在當難賺哪！」

第二日，Lai Ye 正經行到山肚 liau，到臨暗邊 ne，佢就走兩里零路，走到歸身大汗，轉到屋家，將金幣拿分 gia 爸，並 lau 佢講，「阿爸，你看 Ngai 歸身大汗，Lia 個金幣實在當難賺哪！」

Gia 爸拿着金幣，又 deb 到火爐肚。Gia 爸講，「Lai Ye，毋使騙 Ngai，lia 金幣毋係你賺 ge。」Lai Ye 又笑起來，行開咧。

Gia 姆 lia 下知恁 ne 做就做毋得 le，就 lau Lai Ye 講，「心肝 Lai Ye 啊，不能再騙 ngia 爸 e，天光日開始，你愛去尋頭路做，一日賺兩文錢也好，將賺來 ge 錢交分 ngia 爸，佢正會相信。」

Lia 擺， Lai Ye 正經出去尋頭路。佢 lau 人割草，lau 人掌駱駝，又 lau 人 ten 手搬磚 Ne 做屋。足足做 we 兩禮拜零，正賺着一個金幣，拿轉來交分 gia 爸。Gia 爸接着金幣，又將金幣 deb 到火爐肚，佢講，「Lia 金幣毋係你賺轉來 ge。」

Lia 下 Lai Ye du 毋 diau we，giag giag 走到火爐前，用手將金幣拿出來，並 lau gia 爸講，「阿爸，你 bod 癲 ne 係無？ Ngai lau 人做牛做馬，做 we 兩禮拜零 ge 苦工，正賺着 lia 個金幣，你做 mag gai deb 到火爐肚去燒？」

老人家講，「Lia 下 Ngai 相信 lia 個金幣係你自家賺來 ge e ！」

根據阿拉伯民間故事，客語改寫

華語註解

- **無共樣** (mo kiung yong)：不一樣，「無」客語發音為 mo。
- **慢慢 ne** (man man ne)：慢慢的。man man + e → man man ne，前字字尾子音 n 與後字母音 e (せ) 連音，成為 man man ne。
- **gia Lai Ye 就十分毋成人** (gia Lai Ye tsu sb fun mm sang ngin)：他的兒子就十分不成人。Lai Ye 兒子，有人寫做「徠」或「倈」只是以音借字，該漢字原意並沒有兒子的意思。「毋成人」(mm sang ngin) 的「成」客語發音 sang，又如華語做不成，客語「做毋成」(zo mm sang)，但「成功」客語發音為 sn gung。
- **好食懶做** (hau sd nan zo)：好吃懶做。
- **一生人煞猛勤儉** (id sen ngin Sad Mang Kiun Kiam)：一輩子努力勤儉。
- **仰 nge 教佢就毋會變** (ngiong nge gau gi tsu mm voi bien)：怎樣教他都不會變。ngiong nge (怎樣) 是 ngiong + e = ngiong nge 前字字尾子音 ng 與後字母音 e (せ) 結合，成為 ngiong nge。
- **佢實在忍毋 hed le** (gi sd tsai ngiun mm hed le)：他實在忍不住了，hed 有「住」的意思，客語漢字寫做「歇」。
- **分 gia 姆縱壞** (bun gia me jiung fai)：給他母親縱容壞了。
- **仰 nge 好講佢毋會做頭路** (ngiong nge ho gong gi mm voi zo Teu Lu)：怎麼可以說他不會做頭路？怎麼 ngiong nge 是 ngiong + e

= ngiong nge 前字字尾子音 ng 與後字母音 e (せ) 結合，成為 ngiong nge

- **馬上 deb 到火爐肚** (ma song deb do Fo Lu Du)：馬上丟到火爐裡，deb 就是丟、擲，漢字寫做「擲」，例如，擲石頭 (deb Sag Teu)。
- **Lai Ye 笑笑 we，就行開 ye** (Lai Ye seu seu we，tsu hang koi ye)：兒子笑一笑，就走開了，seu seu + e = seu seu we，前字母音 u 與後字母音 e 連音，自然闖入 w 音，讀成 seu seu we；hang koi + e = hang koi ye，前字母音 i 與後字母音 e 連音，自然闖入 y 音，讀成 hang koi ye。
- **天光日你去山肚 liau** (Tien Gong Ngid ngi hi San Du liau)：明天你到山裡去玩，liau 客語有「休息、玩」的意思，客語漢字通常寫成借音字「尞」。
- **你愛走至少兩里路，走到歸身大汗** (ngi oi zeu zz seu liong li lu，zeu do gui sn tai hon)：你要至少跑兩里路，跑到滿身大汗，客語的「走」就是國語的「跑」，國語的「走」，客語稱為「行」(hang)。
- **走兩里零路** (zeu liong li lang lu)：跑兩里多路。
- **又 lau 人 ten 手搬磚 ne 做屋** (yiu lau ngin ten su ban Zon Ne zo Wug)：又跟人幫助搬磚頭做房子。「ten 手」：幫助，ten 客語四縣腔發第一聲，客語漢字寫做「提手旁」，右邊上是「劵」上半部，下面是「巾」，不常用字，電腦無此字。Zon ne = zon + e → zon ne，其字字尾子音 n 與後字母音 e 連音，讀成 ne。

- **兩禮拜零** (liong Li Bai lang)：兩禮拜多。
- Lai Ye du **毋** diau we (Lai Ye du mm diau we)：兒子忍不住了，「du 毋 diau」意為「忍不住」，漢字寫做「佇毋著」。
- giag giag **走到火爐前** (giag giag zeu do Fo Lu chien)：很快地跑到火爐前，客語「走」就是國語的「跑」，giag giag 很快的，漢字寫做「遽遽」。
- **你** bod **癲** ne **係無** (Ngng bod dien ne he mo)：你發瘋了是嗎？「你」客語發音除 ngng 外，也有很多人發音為 ngi。「bod 癲」客語漢字是「發癲」，「發」在此客語唸 bod，例如，發夢 (bod mun)，發冷 (bod lang)，發病 (bod pian)，但在「發明」(fad min)，「發展」(fad zan)，「發音」(fad yim) 時，客語發音為 fad。
- **你做** mag gai deb **到火爐肚去燒** (ngng zo mag gai deb do Fo Lu du hi seu)：你為什麼丟到火爐裡面去燒？
- Lia **下** Ngai **相信** lia **個金幣係你自家賺來** ge e (lia ha ngai hsiong hsin lia ge Gim Pi he ngng tsts ga tson loi ge e)：這下子我相信這個金幣是你自己賺來的了。

阿坤伯 Ge 山羊
Ah Kun Bag Ge San Yong

在法國一個山村，阿坤伯畜 ih 多山羊，最多時節畜十過條，畜山羊可以 ngien 羊奶，也可以食羊肉，所以阿坤伯對山羊也十分照顧。

雖然阿坤伯對山羊恁照顧，佢畜羊 Nge ge 運氣盡毋好。三不五時 gia ge 羊 Nge 就會毋見忒，羊 Nge 會 ngad 斷 to 等 ge 索 Ge，偷走到山頂去，結果，最後一定分山狼食忒。無論阿坤伯仰般細心照顧，羊 Nge 本身也當驚山狼，也阻擋毋 hed 羊 Nge 偷走。當可能係羊 Nge 甘願付出任何代價，自由自在對山頂透新鮮空氣。也可能阿坤伯毋了解羊 Nge ge 想法，佢常透對 ge 講：「Nga 羊 Nge 總係毋會乖乖對羊欄肚，Ngai 毋知愛仰般正關 ne 佢 hed ！」

阿坤伯用過所有佢想着 ge 方法來關 gia ge 山羊，但是，gia ge 羊 Nge 還係一條一條 ge 走忒，可能最後也分山狼食忒。有一暗 Bu 歸欄 ge 羊 Nge 竟然走淨淨。

Lia 擺阿坤伯教精 ne，佢買一條盡細 ge 細山羊，佢想恁細 ge 羊 Nge 慢慢 ne 畜大，可能較習慣關到羊攔肚，也希望羊 Nge 會對佢有感情，lia 條羊 Nge 大起 ye，就毋會走忒。

Lia 條細山羊實在也有靚，細羊鬚當像有學問 ge 學者，gia ge 青色 ge 目珠當大粒，腳蹄像著靴筒，兩支角 lau 灰白色 ge 皮毛，實在有得人惜！

阿坤伯屋背有一 dab 草地，一蒲一蒲 ge 矮山楂樹圍等，阿坤伯就將細羊 Nge 畜到 ge dab 草地。阿坤伯用一條當長 ge 索 Ge，絢細山羊到一支 Dun Ne，羊 Nge 可以食着當遠 ge 草 we。阿坤伯三不五時就會來看 na，看情況一切無問題，lia 條細羊 Nge 看起來也十分快樂對 ge 食草。阿坤伯心肚想：「Ngai 總算畜着一條較乖 ge 山羊 le。」

但係，阿坤伯 ge 想法就差了，過無幾久，gia ge 羊 Nge 開始無安分起來。

有一日，細山羊目金金 me 看山頂，佢對 ge 講：「假使 Ngai 可以去到山頂，毋知有幾好 we 啊！ Ngai 可以自由自在 ge 跳來跳去，也毋會有 lia 個會刺人 ge 索 ge 絢等 nga 頸筋。Lia 條索 ge 係絢牛 we、絢毛驢 ge，山羊係愛自由 ge，不應該用索 ge 絢等。」

從 ge 日起，關在羊欄肚分索 ge 綯等 ge 山羊就感着盡無聊，佢無想愛食草，佢慢慢 ne 瘦起來，也無羊奶可以 ngien 出來。佢總係睡到索 ge 盡尾節、離楯 Ne 盡遠 ge 地方，對 ge 咩咩叫，看起來眞可憐。

阿坤伯有感覺着 gia ge 羊 Nge 有多少 we 毋 tsam se，但係佢毋知係 mag gai 問題。有一日，阿坤伯去照顧羊 Nge ge 時節，羊 Nge 咩咩 e 叫，用羊 Nge ge 話 lau 佢講：「阿坤伯，你看 Ngai 長期對 lia 受苦，分索 Ge 綯等，你可以分 Ngai 去山頂無？」

阿坤伯對 ge 想：「Oh ！天哪！ Nga ge 羊 Nge 又想走 we ！」佢坐下來對羊 nge 講：「Mag gai ya ？心肝，你又想離開 Ngai 係無？」

羊 Nge 講：「係啊。」

阿坤伯問佢：「係青草 we 毋 la 你食係無？」

「毋係。」

「綯等 ge 索 Ge 毋 la 長係無？」

「毋係索 Ge ge 問題。」

「毋係索 Ge ge 問題，ge 你想愛做 mag gai no?」

「阿坤伯，Ngai 想愛去山頂。」

「Nga 心肝 ge 羊 Nge，山頂有會食人 ge 山狼，萬一你堵着山狼，愛仰 gad sad ？」

「Ngai 會用 nga ge 尖尖 ge 角 chiam 死佢。」

「山狼根本無 ki 着 ngia ge 角，牛 we ge 角比 ngia ge 角大加當多，就分山狼食忒。舊年 Ngai 有一條羊嫲，giun ih 多條羊子，佢走到山頂去，分山狼看着，佢 lau 山狼大戰歸暗 Bu，到臨天光就分山狼食忒。」

「可憐 ge 老羊嫲，但係，Ngai 恁後生，一定打 e 贏山狼。」羊 Nge lau 阿坤伯要求：「分 Ngai 去山頂好無？」

阿坤伯無話好講，佢對 ge 愁 lia 條 gia ge 心肝羊 Nge 又會分山狼食忒，佢就講：「Ngai 毋管有 mag gai 恁大 ge 力量使你愛去山頂，Ngai 決定愛救 ngia ge 性命，Ngai 知你會咬斷索 Ge，從今開始，Ngai 愛關你到羊欄肚，你正走毋忒！永遠 lau Ngai 共下。」

阿坤伯就將羊 Nge 關到馬棚唇 ge 羊欄肚，用兩個鎖頭鎖起來，佢想 lia 下安全 ne，無想着佢毋記得關細窗門，羊 Nge 就從細窗門 jiam 出去，走忒 le。

Mag gai? 你對 ge 笑？你 lau 着 lia 係生趣係無？阿坤伯對你恁好，你還偷走，看你可以笑到幾時。

Lia 條後生山羊走到山頂，佢感覺着像對天堂共樣恁快樂。松樹看起來十分靚，滿山 ge 樹 we 就像歡迎佢來到。栗 le 樹輕輕 nge 摸 gia ge 皮毛。美麗 ge 陽光下，山風微微吹過，黃花像對 ge yiag 手歡迎 lia 條後生山羊到來。

想看 na 山羊 ge 快樂，無會刺人 ge 索 Ge 絢等，無 mag gai 東西阻擋佢自由自在走來走去。山頂 ge 草 we 生到當靚，有到山羊 ge 角恁高，草 we 又嫩又甜，比矮山楂樹圍等 ge 草 we 好食幾下倍。野山花有吊菜色 ge Guan，開 ge 花看起來又靚，花蜜像蜂糖恁甜。

Lia 條山羊快樂到跳來跳去，下擺 ye 行到山 Gien 頂有矮樹叢 ge 地方，向下看恁闊 ge 山群，下擺 ye 又行到石 Kam 邊睡下來歇睏。恁闊 ge 大山，佢走到哪位就做得。恁自由 ge 生活，也無怪阿坤伯 ge 十過條 ge 山羊，全部都走來。

Lia 條山羊 mag gai 都毋驚，佢有時節會 wun 到山溪水，hong 起來，出力停動一下身體，將水 fin 忒，然後行到石頭頂，分日頭

曬燥。有時節佢會從石縫中央看一下阿坤伯 ge 屋 Ge，佢看着 ge dab 絢等佢 ge 草地，佢想着以前分阿坤伯絢到 Dun Ne ge 時節，目汁就會流出來，但係 lia 下佢當快樂對 ge 笑起來，佢對 ge 講：「恁細 dab ge 草地，竟然絢 Ngai 絢恁久，仰會絢 we Ngai hed no?」

山頂恁高，看ne到恁遠，佢對ge想，Ngai比世界較大le呦！Lia ge日le對lia條山羊實在係快樂無比ge日le。佢跳來跳去，看着一群野羊對ge食嫩藤Ne，佢也做得共下食，無人會逐佢。有一條野羊竟然行來lau佢愛做朋友，佢兩儕走來走去，自由自在，實在眞快樂！

快樂ge時間實在過得有giag，天邊ge雲慢慢ne轉紅色，夜e慢慢到來。Lia條羊Nge無想着恁giag就到臨暗邊。山下有一層薄薄ge濛紗，佢看着阿坤伯ge屋Ge，屋頂ge煙囪ge煙慢慢ne升高，佢又聽着附近兵營有喇叭聲，可能兵Ne集合準備睡目。一對燕Ne飛轉Deu。看着恁仰ge情形，佢打一下Zun。

過無多久，佢聽着像狗打Ngo Go嘴ge聲，對山頂回聲過來，實在有得人驚。佢lia下想着山狼，lia一定係山狼。佢歸日le都無想着山狼，lia下總算想起來ye。佢又聽着有人pun羊角ge聲從山下傳來，lia一定係阿坤伯pun ne，喊佢giag giag轉來，愛救gia ge性命，毋會分山狼食忒。

Ngo – Wo – Ngo – O – O –，山狼又對該喊起來。

山下ge羊角聲又響起來，轉來啊，心肝ge羊Nge，giag giag轉來啊！

佢lia下當想轉去，但忽然間又想着絇等佢ge索Ge，ge楯Ne，lau暗mo hsi so ge羊欄，雖然lia下佢當驚，但佢想還係留到山頂較好。最後，山下ge羊角聲就diam忒le。

忽然間，佢聽着樹葉中間有腳步聲，佢驚到歸身 Ne bod 寒起來，Gia ge 一對耳公企 den 起來，兩粒目珠目金金 me 對 ge 注意。

山狼後腳坐下來，注意看 lia 條好食 ge 山羊，佢肚飢愛食夜 e，佢已經鼻着 lia 條山羊好食 ge 味道，佢可以慢慢 ne 來。山羊兩粒目珠看着佢 ge 時節，佢 giug 出看來當得驚 ge 笑容，舌嫲 se 一下嘴唇，喉 Lien Goi 發出「Ngo –」當低 ge 聲，「哈哈，」佢對 ge 想：「阿坤伯又送一條羊 nge 分 Ngai 食 le ！」

羊 Nge lia 下毋知愛仰般正好，佢忽然想着 ge 條老羊嫲 lau 山狼大戰到臨天光正分山狼食忒，佢想着 go 不將分山狼一下就食忒顛倒較贏。Gia ge 頭 Na 沉下來，兩支角向前，像一條愛勇敢作戰 ge 山羊，佢從來就無想着佢可以 chiam 死山狼，自古以來從來就無羊 Ne 殺死山狼，但係，佢想愛堅持，像 ge 條老羊嫲共樣，至少可以堅持到天光。

山狼向前踏幾步腳，像愛用前腳 kia 起山羊角來共下跳舞。Lia 條可憐 ge 山羊當勇敢 ge lau 山狼大戰，至少超過十擺，山狼分佢逼退，山狼氣急到對後背休息 teu 一下氣，山羊也退到草埔準備下一次 ge 攻擊。歸暗 Bu we 山羊 lau 山狼大戰，山羊會影一下天頂 ge 星 Ne，佢對 ge 想：「Ngai 一定可以戰到天光！」天頂 ge 星 Ne 慢慢 ne 毋見忒，山羊繼續用 gia 角 lau 山狼 ge 牙齒大戰。

天邊慢慢 ne 光起來，山下也傳來雞啼，「總算天光 nge！」山羊 teu 一下氣，佢 lau 山狼大戰 ne 歸暗 Bu，佢 vang 到草埔，歸身 Ne 血，山狼 chiog ga 過來，就將山羊食忒 le。

根據法國寫實派小說家 Alphonse Daudet (1840 – 1879) 的小說 La Chèvre de Monsieur Séguin (西坤先生的山羊) 客語改寫。

華語註解

- **阿坤伯畜 ih 多山羊 (Ah Kun Bag hiug ih do San Yong)**：阿坤伯養很多山羊，ih do 客語表示很多，「ih 多」漢字寫做「已多」。

- **畜山羊可以 ngien 羊奶 (hiug San Yong ko yi ngien Yong Nen)**：養山羊可以擠羊奶，ngien 客語寫做「撚」，一般也用「捋」(lod)，如「捋牛乳」(lod ngiu nen)。

- **羊 Nge 會 ngad 斷 to 等 ge 索 Ge (Yong Nge voi ngad ton to den ge Sog Ge)**：羊兒會咬斷綁住的繩索，「ngad 斷」就是用牙齒慢慢磨斷，ngad 漢字寫做「齧」，大口咬客語稱為「咬」(ngau)；「to 等」就是用繩子綁住，to 客語寫成「綯」，原意為繩子，當動詞用。「索 Ge」(Sog Ge) 就是繩子，Sog + e = Sog Ge。

- **也阻擋毋 hed 羊 Nge 偷走** (ya zu dong mm hed Yong Nge teu zeu)：也阻擋不住羊兒偷偷的溜走，hed 漢字寫成「歇」。
- **Ngai 毋知愛仰般正關 ne 佢 hed** (Ngai mm di oi ngiong ban zang guan ne gi hed)：我不知道要怎樣才關得住牠，「關 hed」就是關住，hed 漢字寫成「歇」。
- **Lia 擺阿坤伯教精 ne** (lia bai Ah Kun Bag gau jin ne)：這次阿坤伯學乖了。客語原意是被教訓得精明了。
- **有一 dab 草地** (yiu id dab Tso Ti)：有一塊草地，dab 客語漢字寫成「搭」。
- **用一條當長 ge 索 Ge，絢細山羊到一支 Dun Ne** (yun id tiau dong tsong ge Sog Ge，to Se San Yong do id gi Dun Ne)：用一條很長的繩索綁小山羊在一支柱子上，Dun Ne 就是柱子，Dun 客語漢字寫做「楯」，Dun + e = Dun Ne。
- **從 ge 日起** (chiung ge ngid hi)：從那天起，「ge 日」漢字寫成「該日」。
- **有感覺着 gia ge 羊 Nge 有多少 we 毋 tsam se，但係佢毋知係 mag gai 問題** (yiu gam gog do gia ge Yong Nge yiu do seu we mm tsam se，dan he gi mm di he mag gai Mun Ti)：有感覺到他的羊有些不對勁，但是不知道是甚麼問題。「毋 tsam se」就是「不對勁」的客語說法，客語漢字寫作「毋像勢」(mm tsam se)。
- **羊 Nge 咩咩 e 叫** (Yong Nge me me e gieu)：羊兒咩咩的哭。客語稱哭為「叫」，古漢字寫為「噭」。

- **Mag gai ya？心肝，你又想離開 Ngai 係無** (Mag gai ya？Hsim Gon，Ngng yiu hsiong li koi Ngai he mo)：什麼呀？你又想離開我了是嗎？

- **係青草 we 毋 la 你食係無** (he Chiang Tso we mm la ngng sd he mo)：是青草不夠你吃是嗎？ la 就是「夠」，客語漢字寫成借音字「罅」，原意爲手指間的空隙，如「手罅」(Su La)。

- **ge 你想愛做 mag gai no** (ge ngng hsiong oi zo mag gai no)：那你想要做什麼呢？

- **萬一你堵着山狼** (van id ngng du do San Long)：萬一你碰到山狼。

- **愛仰 gad sad** (oi ngiong gad sad)：要怎麼辦？「愛」(oi) 卽是華語的「要」，例如，愛食飯 (oi sd fan) 就是要吃飯。「仰 gad sad」客語漢字通常寫成「仰結煞」。

- **Ngai 會用 nga ge 尖尖 ge 角 chiam 死佢** (ngai voi yung nga ge jiam jiam ge Gog chiam hsi gi)：我會用我的尖尖的角刺死牠，用尖刀刺，客語稱爲 chiam，漢字寫做「籤」字去掉右邊的「戈」，右邊加兩豎刀，不常用字，電腦無此字。

- **山狼根本無 ki 着 ngia ge 角** (San Long gin bun mo ki do ngia ge Gog)：山狼根本沒有怕到你的角，ki 客語漢字寫做「忌」，表示「顧忌」「怕」「忌憚」的客語說法。

- **舊年 Ngai 有一條羊嫲，giun ih 多條羊子** (Kiu Ngien Ngai yiu id tiau Yong Ma，giun ih do tiau Yong Zz)：去年我有一隻母羊，生了許多小羊，客語稱去年爲「舊年」，「羊嫲」就是母羊，giun 是

生小孩，客語漢字是「降」，「ih 多」是很多。

- **Ngai 知你會咬斷索 ge** (Ngai di ngng voi ngau ton Sog Ge)：我知道你會咬斷繩子。
- **羊 Nge 就從細窗門 jiam 出去** (Yong Nge tsu chiung se Tsun Mun jiam tsud hi)：羊兒就從小窗戶擠出去，jiam 就是硬擠，客語漢字寫做「尖」，當動詞用。
- **你 lau 着 lia 係生趣係無** (Ngng lau do lia he sen chi he mo)：你以為這是有趣是嗎？「lau 着」是「認爲、以爲」，lau 客語漢字寫做「恅」。
- **栗 le 樹輕輕 nge 摸 gia ge 皮毛** (Lid Le Su kiang kiang nge mia gia ge Pi Mo)：栗子樹輕輕地摸牠的皮毛。
- **黃花像對 ge yiag 手歡迎 lia 條後生山羊到來** (Wong Fa chiong dui ge yiag su fon ngiang lia tiau Heu Sang San Yong do loi)：黃花像在那裏招手歡迎這隻年輕山羊到來，「yiag 手」就是招手，yiag 漢字寫成「揲」。
- **野山花有吊菜色 ge Guan** (Ya San Fa yiu Diau Tsoi Sed ge Guan)：野山花有茄子色的莖，客語稱茄子爲「吊菜」，「莖」爲 Guan，漢字就寫做「莖」。
- **下擺 ye 行到山 Gien 頂有矮樹叢 ge 地方** (ha bai ye hang do San Gien Dang yiu Ai Su Tsung ge Ti Fong)：有時候走到山頂上有矮樹叢的地方，「山 Gien」是山有高坡度的地方，Gien 漢字寫做「上面山字，下面良自無一點」，電腦無此字。

- **下擺 ye 又行到石 Kam 邊睡下來歇睏** (ha bai ye yiu hang do Sag Kam Bien soi ha loi hied kun)：有時候又走到山崁邊躺下來休息。「石 Kam」漢字寫做「石崁」。

- **佢有時節會 wun 到山溪水，hong 起來，出力停動一下身體，將水 fin 忒** (gi yiu ss jied voi wun do San Hai Sui，hong hi loi，tsud lid tin tung id ha Sn Ti，jiong sui fin ted)：牠有時會躺到山溪水裡，再站起來，用力動一下身體，將水甩掉，客語稱浸到淺水或泥漿裡為 wun，漢字寫做「搵」，用力甩為 fin，漢字寫做「拂」，從坐躺下再起來為 hon，例如「hon 床」，hon 漢字寫做「足字旁，右邊是亢字」，電腦無此字。

- **從石縫中央看一下** (chiung Sag Pun dung ong kon id ha)：「中央」客語讀音為 zung yong，但一般都發語音 dung ong。

- **恁細 dab ge 草地，竟然絢 Ngai to 恁久，仰會絢 we Ngai hed no** (an se dab ge Tso Ti，gin yen to Ngai to an giu，ngiong voi to we Ngai hed no)：這麼小塊的草地，竟然綁我綁這麼久，怎麼綁得住我呢？

- **一對燕 ne 飛轉 Deu。看着恁仰 ge 情形，佢打一下 Zun** (id dui Yen Ne bi zon Deu。kon do an ne ge chin hin，gi da id ha Zun)：一對燕子飛回巢。看到這種情形，牠顫抖一下。Deu 就是巢，漢字寫做「竇」，打 Zun 就是打顫，Zun 漢字寫做「顫」。

- **佢聽着像狗打 Ngo Go 嘴 ge 聲** (gi tang do chion Geu da Ngo Go Zoi ge sang)：牠聽到像狗長嗥的聲音。狗有時會拉長聲音在嗥

叫，客語稱爲「狗打 Ngo Go 嘴」。

- **佢又聽着有人 pun 羊角 ge 聲從山下傳來** (gi yiu tang do yiu Ngin pun Yong Gog ge Sang tsung San Ha tson loi)：牠又聽到有人吹羊角 (哨子) 的聲音從山下傳來。客語稱吹爲 pun，漢字寫做「歕」。「從」客語發音爲 tsung，例如，從來 (tsung loi)，服從 (fug tsung)，從頭到尾 (tsung teu do mi)，但有人發音時自然音變，發音成 chiung。

- **但忽然間又想着絢等佢 ge 索 Ge，ge 楯 Ne，lau 暗 mo hsi so ge 羊欄** (dan hu yen gien yiu hsiong do to den gi ge Sog Ge，ge Dun Ne，lau am mo hsi so ge Yong Lan)：但忽然間又想到綁住牠的繩子，柱子，和昏暗的羊欄。客語稱昏暗爲「暗 mo hsi so」，漢字寫做「暗摸胥疏」。

- **山下 ge 羊角聲就 diam 忒 le** (San Ha ge Yong Gog Sang tsu diam ted le)：山下的羊角生就靜下來，diam 表示靜下來，漢字寫做「恬」。

- **佢驚到歸身 ne bod 寒起來** (gi giang do gui Sn Ne bod hon hi loi)：牠怕到全身發冷起來，bod hon 漢字寫做「發寒」。

- **Gia ge 一對耳公企 den 起來** (Gia ge id dui Ngi Gung ki den hi loi)：牠的一對耳朵豎立起來。客語「企 den」就是站直或豎起來。

- **佢肚飢愛食夜 e** (gi du gi oi sd Ya e)：牠肚子餓要吃晚餐了。客語「食夜」就是吃晚餐，「食朝」(sd Zeu) 是吃早餐，「食晝」(sd Zu) 是吃午餐。

- **佢 giug 出看來當得驚 ge 笑容，舌嫲 se 一下嘴唇，喉 Lien Goi 發出「Ngo –」當低 ge 聲** (gi giug tsud kon loi dong ded Ngin giang ge Seu Yung，Sad Ma se id ha Zoi Sun，Heu Lien Goi fad tsud Ngo – dong dai ge Sang)：牠裝出看來很可怕的笑容，舌頭舔一下嘴唇，喉嚨發出 Ngo – 很低的聲音，giug 是「裝出」的意思，漢字寫做「挶」。客語稱喉嚨爲「喉 Lien Goi」，漢字寫做「喉嗹胲」。

- **佢想着 go 不將分山狼一下就食忒顛倒較贏** (gi hsiong do go bud jiong bun San Long id ha tsu sd ted dien do ka yang)：牠想到倒不如給山狼一下子就吃掉反而較好。「go 不將」客語表示「倒不如」之義。

- **像愛用前腳 kia 起山羊角來共下跳舞** (chiong oi yung Chien Giog kia hi San Yong Gog loi kiung ha tiau wu)：像要用前腳舉起山羊角來一起跳舞，kia 漢字是「擎」。

- **休息 teu 一下氣** (hiu hsid teu id ha hi)：休息呼一口氣。「teu 氣」(teu hi) 就是客語「呼吸」，客語漢字寫做「敨氣」。「敨大氣」(teu tai hi) 是嘆氣。「敨」是不常用字，有些電腦無此字。

- **佢 vang 到草埔，歸身 Ne 血，山狼 chiog ga 過來，就將山羊食忒 le** (gi vang do Tso Pu，gui Sn Ne Hied，San Long chiog ga go loi，tsu jiong San Yong sd ted le)：牠倒在草埔，全身是血，山狼跳躍過來，就將山羊吃掉了。vang 是倒下，漢字寫做「横」，chiog 是跳躍，漢字寫做「躍」。

當巧當精明 Ge 阿何師
Dong Kau Dong Jin Min Ge Ah Ho Ss

阿何師複姓「何借」(Hodja)，大名係「拿士來登」(Nasreddin)，公元 1208 年在現下 ge 土其國 (Turkey, 華語音譯成「土耳其」) ge 阿克謝西省 (Eskisehir Province) 出世。公元 1284 年過身，葬在 gia ge 故鄉。

當時伊斯蘭教 (Islam) 遍佈西起現在 ge 北非摩洛哥，經過土其、阿拉伯、伊朗、阿富汗，一直東到中國新疆恁大片 ge 地方。阿何師在 lia 恁大 ge 伊斯蘭世界，係一個最有名 ge 人物。佢當巧當精明，佢可以回答任何困難 ge 問題。人講佢係平民哲學家、智者、導師。佢講 ge 話，機智，充滿智慧，有時當好笑，但都富有教育意義，並已經傳遍全世界。比論講，En 大家熟悉 ge「你係無辦法將大山招過來，你可以行到大山去」，就係佢講出來 ge。

在土其國，大人細子全部都當熟悉阿何師

ge 故事，已經變成土其國重要文化 ge 一部分。每年七月五日到七月十日，在 gia 故鄉，有盛大 ge 國際阿何師節 (International Nasreddin Hodja Festival)。

華語註解

- **當巧當精明 Ge 阿何師** (dong kau dong jin min ge Ah Ho Ss)：非常聰明有智慧和非常精明的阿何師。客語稱人家非常聰明有智慧爲「當巧」，有人發音爲 dong Kiau。阿何師爲土耳其的智者、導師、伊斯蘭教領袖。名爲 Nasreddin Hodja，客語發音爲「拿士來登 · 何借」。客家人稱呼別人通常加「阿」字，而「師」爲尊稱，有師父、導師的涵義，而且會把姓名簡化成一字，以便於稱呼。所以，「何借」師父變成簡稱的「阿何師」。師 (Ss)：Ss 音前面的 s 是子音，後面的 s 是子音式母音，子音加母音合成字音 ss，前面 S 大寫表示名詞。
- **出世** (tsud se)：就是出生。「世」在此發音 se，但「世間」(Ss Gien)、「世界」(Ss Gie) 則發音爲 Ss。

下背就列出多篇阿何師又好笑、又有教育意義 ge 故事：

細核桃 lau 大番瓜

阿何師故事選之一

有一日，阿何師在一頭大核桃樹下睡等休息，gia ge 身體雖然對該歇睏，但爲了配合佢做爲「伊瑪目」(Imam，伊斯蘭教宗教領袖或學者 ge 尊稱) ge 身分，gia ge 內心並無休息。佢向頂高看 lia 頭恁大 ge 核桃樹，佢想着眞神阿拉 (Allah) ge 偉大同智慧。

「阿拉當偉大，阿拉當好，」阿何師對該講：「但係，恁大 ge 核桃樹，打 ge 核桃反係恁細粒，算聰明 ge 設計 ga ？你看，粗大結實 ge 大樹 Guan，強壯 ge 樹 Wa，lia 頭大樹可以簡單打像大番瓜恁大 ge 果實；番瓜藤恁脆弱，企就企毋起來，承毋贏佢自家打 ge 恁重 ge 大番瓜。係毋係大核桃樹來打番瓜恁大 ge 果子，細番瓜藤來打核桃恁細 ge 果子，較有道理 ge 設計？」

佢緊想就緊啄目睡，忽然間，一粒核桃跌下來，打着 gia ge 額頭。

「Ngai 愛讚美阿拉，」佢分核桃擲醒，發現恁 ne ge 情形，喊起來：「假使 lia 個世界照 Ngai ge 粗淺 ge 想法來設計，擲下來打着 Nga 額頭 ge 大番瓜，一定會擲死 Ngai，阿拉實在太偉大，阿拉實在太聰明，阿拉實在太好！」

從今以後，阿何師再也毋敢懷疑阿拉 ge 智慧。

華語註解

- **細核桃** (se Fud To)：「核」客語發音為 fud。核桃樹很巨大，但結的果實「核桃」卻很小，故客語稱「細核桃」。
- **大番瓜** (tai Fan Gua)：客家人稱南瓜為番瓜。有些南瓜長得非常碩大，故稱「大番瓜」。
- **算聰明** ge **設計** ga (son tsung min ge Sad Gie ga)：算聰明的設計嗎？客語問句結尾通常加 ga，與華語的「嗎」相同。
- **粗大結實** ge **大樹** Guan，**強壯** ge **樹** Wa (tsu tai gieg sd ge tai Su Guan，kiong zong ge Su Wa)：粗大的樹莖，強壯的樹枝。「樹 Guan」客語寫做「樹莖」，「樹 Wa」客語漢字寫做「樹椏」。
- **佢緊想就緊啄目睡** (gi gin hsiong tsu gin Dug Mug Soi)：他一面想就一面打瞌睡。「啄」在此發音為 dug，如「雞嫲啄米」(Gie Ma dug Mi)。
- **佢分核桃擲醒** (gi bun Fud To deb hsiang)：他給核桃丟醒。「擲」客語發音為 deb。

信仰可以移山

阿何師故事選之二

阿何師相當強調信仰 ge 力量，佢認爲信仰力大無比。

有一個懷疑論者指等遠方 ge 大山，lau 阿何師講：「假使信仰有恁大 ge 力量，ge 你就祈禱一下，喊 ge 大山移到 ngia 面前來。」

阿何師就跪等當虔誠對該祈禱，但是大山就無移動半滴，佢 an go 繼續虔誠 ge 祈禱，大山還係無移動。

最後，阿何師企起來，向大山 ge 方向行過去，佢講：「Ngai 係當卑微謙虛 ge 人，但是，伊斯蘭宗教 ge 信仰係確實可行、客觀存在 ge。假使大山毋會移到 Nga 面前來，Ngai 就可以行到大山面前去。」

華語註解

- ge 你就祈禱一下 (ge ngi tsu Ki Do id ha)：那你就祈禱一下。
- 企起來 (ki hi loi)：站起來。客語的「企」(ki) 就是華語的「站」。
- Ngai 就可以行到大山面前去 (Ngai tsu ko yi hang do Tai San mien chien hi)：我就可以走到大山前面去。

菜湯 ge 味道 lau 銀錢 ge 聲音

阿何師故事選之三

有一個「乞食 Le」討着一片麵包，佢想愛討 deu 其他 ge 東西 lau 麵包共下食。佢行到一個餐廳想愛討 deu 東西食，餐廳主人逐佢走，但係佢偷偷 we 溜到廚房，佢看着有一個大鑊菜對該煮湯，佢就將 gia ge 麵包拿到鑊頭面頂，菜湯蒸出來 ge 蒸氣味緒當香，佢想麵包可以吸 deu 香味，使麵包變到較好食。

忽然間，餐廳主人行入來，捉着佢，並罵佢偷食 gia ge 菜湯。

乞食 Le 講：「Ngai 無偷食 ngia ge 菜湯，Ngai 正係鼻菜湯 ge 味緒定定。」

餐廳主人講：「菜湯 ge 味緒 me 愛付錢！」

可憐 ge 乞食 Le 無錢好付，餐廳主人扭乞食 Le 到「卡知」ge 官廳，「卡知」(Qadi) 係伊斯蘭教 ge 穆斯林法官，伊斯蘭教徒通稱「穆斯林」(Muslim)。

當時，阿何師就係「卡知」，佢專心聽餐廳主人 ge 控訴 lau 乞食 Le ge 解釋。

最後，阿何師做一個結論：「所以，你要求菜湯 ge 味緒愛付錢係無？」

餐廳主人講：「當然係啊！」

阿何師講：「係 an ngiong，Ngai 可以付錢分你。」佢就拿出兩個銀錢，將一個銀錢打一下另外一個銀錢，發出「叮噹」ge 聲，然後放轉 gia ge 袋肚，再問餐廳主人：「你有聽着聲無？」

餐廳主人講：「有啊。」

阿何師講：「好咧，錢付忒咧，你倆儕可以轉咧。」佢做了判決，佢用銀錢 ge 聲音付清餐廳主人 ge 菜湯味緒 ge 價錢。

華語註解

- **味道** (Mi To)：客語原稱「味緒」(Mi Hsi)，「味道」是從華語來的外來語，已逐漸被客語接受，所謂「外來語」就是從客語之外的語言借來的語詞，客語深受華語影響，從華語來的外來語也特別多。
- **有一個「乞食 Le」討着一片麵包** (yiu id ge Kied Sd Le to do id pien Mien Bau)：有一個乞丐討到了一片麵包。「乞食 Le」就是華語的「乞丐兒」， Kied Sd + e = Kied Sd Le，e 是詞尾母音，受前字字尾子音促音 d 的影響，自然發出 le 音，與華語「兒」同樣是名詞詞尾。「着」客語發音 do`，簡明客語拼音「Kieg Sd Le」三個字頭用大寫，表示名詞。客語名詞後面的 e (せ) 與華語的「子」或「仔」相同，但客語這個母音 e (せ) 常語前字字尾的子音連音，產生不同的發音，例如，鴨仔 (Ab Be) 即是 e 與前字尾 b 連音，讀成 be，戇仔 (Ngong Nge) 即 e 與前字字尾子音 ng 連音，讀成 nge 音，鑊仔 (Wog Ge) 即 e 與前字字尾子音 g 連音，讀成 ge 音，所以 e 客語常寫成「仔」但因連音，使發音都不同。

- **佢想愛討 deu 其他 ge 東西 lau 麵包共下食** (gi hsiong oi to deu ki ta ge Dung Hsi lau Mien Bau kiung ha sd)：他想要討些其他東西跟麵包一起吃。deu 是「一些、多數」的意思，漢字有人借音寫做「兜」。

- **佢看着有一個大鑊菜對該煮湯** (Gi kon do yiu id ge tai Wog Tsoi dui ge zu Tong)：他看到有一個大鍋菜在那裏煮湯，「鍋」客語古稱「鑊」，鑊就是古代烹煮食物的鍋子，例如「鼎鑊」，但已成不常用字，故用常用字「鍋」表示。

- **菜湯 ge 味緒 me 愛付錢** (tsoi tong ge Mi Hsi me oi fu Chien)：菜湯的味道也要付錢。「me 愛」表示也要，me 漢字寫成「乜」。

- **係 an ngiong** (he an ngiong)：是這樣，客語漢字可寫成「係恁仰」。

- **放轉 gia ge 袋肚** (biong zon gia ge Toi Du)：放回他的袋子裡。「放」語音是 biong，例如，放下來 (biong ha loi)，讀音是 fong，例如，放心 (fong hsim)。

搧巴掌

阿何師故事選之四

有一日，阿何師行到菜市場，對該企等想愛買 deu 東西，忽然間，有一個無熟事 ge 人行前來搧佢一下巴掌，阿何師莫名其妙，ge sa 人正講：「失禮，失禮，打毋著人。」

阿何師毋甘願受着恁 ne ge 侮辱，就扭佢去附近「卡知」ge 官廳，並要求賠償。

入官廳無幾久，阿何師發現着 lia 個人 lau lia 個「卡知」係好朋友，ge 無熟事 ge 人承認有打阿何師，lia 個「卡知」隨時判決：「打人 ge 人愛賠兩個銀。你現在係無兩個銀，你轉去拿，哪久拿來賠就做得。」

聽着恁 ne ge 判決，打人 ge 人就離開。阿何師就對官廳等佢倒轉來，等當久就無看着佢倒轉來。

最後，阿何師問「卡知」：「Ngai 聽你頭下 ge 判決係講，搧一巴掌 ge 賠償金正兩個銀係無？」

「卡知」回答：「毋會差。」

聽着「卡知」恁 ngiong 講，阿何師就行前去，對等「卡知」ge 面搧佢一下巴掌，並講：「賠償金拿來 ge 時節，lia 兩個銀就分你留下來。」然後佢就離開咧。

華語註解

- **搧巴掌** (san Ba Zong)：打人家巴掌。
- **ge sa 人正講** (ge sa Ngin zang gong)：那個人才講，ge sa 漢字寫做「該儕」。
- **打毋著人** (da mm tsog Ngin)：打錯人了，「毋著」意思是「不對」。
- **恁 ne ge 侮辱** (an ne ge Wu Yug)：這樣的侮辱。
- **你轉去拿，哪久拿來賠就做得** (ngng zon hi na，nai giu na loi poi tsu zo ded)：你回去拿，什麼時候拿來賠都可以。「你」客語發音有 ngi 和 ngng，ngng 前面的 ng 是子音，後面的 ng 是子音式母音，合成字音 ngng。
- **Ngai 聽你頭下 ge 判決係講** (ngai tang ngng teu ha ge Pan Gied he gong)：我聽到你剛才的判決是說。「頭下」就是剛才，亦有客家人講「ga 下」(ga ha)。
- **聽着「卡知」恁 ngiong 講** (tang do Ka Di an ngiong gong)：聽到「卡知」這樣講，漢字可寫成「恁仰講」。

較惜哪個餔娘

阿何師故事選之五

伊斯蘭教 ge 教徒 (穆斯林 Muslim) 最多可以討四個餔娘，但必須平等對待四個餔娘。

阿何師有兩個餔娘，兩個餔娘常透就會問阿何師較惜 man 人。

阿何師總係回答講：「兩儕 Ngai 就共樣恁惜。」但係兩個餔娘無滿意恁 ne ge 回答，han go 再問：「到底你最惜 man 人？」

後來，阿何師就當秘密 ge 買兩個完全共樣 ge 藍寶石，分別分 gia 餔娘一儕一個，同時分別 lau 兩儕偷偷 we 講，定著毋好分任何人知。

從此以後，阿何師見聽着有哪個餔娘私下問佢：「兩個餔娘，你較惜哪個？」佢就回答：「Nagi 較惜 Ngai 有分藍寶石 ge 餔娘。」恁 ne ge 回答，兩個餔娘都當滿意。

華語註解

- **較惜哪個餔娘 (ka hsiag nai ge Bu Ngiong)**：比較愛哪一個妻子。客語的「惜」(hsiag) 就是華語的「愛」，客語的「愛」(oi) 就是華語的「要」。

- **較惜 man 人 (ka hsiag man ngin)**：比較愛什麼人或比較愛哪一位。「man 人」漢字寫做「麼人」，「麼」客語發音為 ma，但受後字 ngin 前面鼻音 ng 的影響，ma 會與 ng 連音，讀成 man ngin，亦即 ma + ngin = man ngin。「麼儕」(ma sa) (哪一位) 中間就沒有連音，但「麼個」(mag gai 或 mag ge) (什麼) ma 就受到後字 gai 的 g 的影響，連音成促音的 mag，亦即 ma + gai = mag gai。

- **分別分 gia 餔娘一儕一個 (fun pied bun gia Bu Ngiong id sa id ge)**：分別給他的妻子一人一個。「分別」(fun pied) 的「分」發音 fun；「分 gia 餔娘」(bun gia Bu Ngiong) 的「分」則發音 bun。

- **定著毋好分任何人知 (tin tsog mm ho bun Ngin Ho Ngin di)**：絕對不可讓任何人知道。「定著」客語發音 tin tsog，表示絕對。

- **見聽着有哪個餔娘私下問佢 (gien tang do yiu nai ge Bu Ngiong ss ha mun gi)**：每聽到有哪個妻子私下問他。

- **恁 ne ge 回答 (an ne ge fi dab)**：這樣的回答。

還債

阿何師故事選之六

阿何師有一日行到附近市場散步，忽然間一個店主行前來，大聲罵阿何師做 mag gai 欠錢毋還。

因爲罵 ge 聲恁大，阿何師就低聲問佢：「朋友，Ngai 到底欠你幾多錢？」

店主當譴又過還較大聲對該講：「一百五十三個銀！」

阿何師聽 nga 着，理直氣壯回答佢：「你明明知 Ngai 天光日會還你一百個銀，下隻月會還你五十，所以，Ngai lia 下正欠你三個銀，爲了三個銀，你恁大聲對該喊，你毋會感覺着見笑 ga？」

153-100-50=3

華語註解

- **店主當譴又過還較大聲對該講** (Diam Zu dong kien yiu go han ka Tai Sang dui ge gong)：店主很生氣，又更大聲地在那裏說。
- **阿何師聽 nga 着** (Ah Ho Ss tang nga do)：阿何師一聽到。「聽 nga 着」漢字寫成「聽啊着」，tang + a + do = tang nga do，前字字尾子音 ng 與後字母音 a (ㄚ) 連音，讀成 tang nga do。
- **你毋會感覺着見笑 ga** (ngi mm voi gam gog do gien seu ga)：你不會感到羞恥嗎？句尾的 ga 與華語的「嗎」同義。

睡袍

阿何師故事選之七

阿何師有一日在附近市場分鄰舍堵着，鄰舍看着佢歸身 ne 烏青，又腳跛跛 ye，就問佢：「阿何師，發生 mag gai 事情？」

阿何師回答講：「昨暗 bu nga 餔娘當發譴，將 nga ge 睡袍對二樓 ge 房間踢到樓梯下。」

鄰舍就問佢：「睡袍踢到樓梯下仰會害你歸身 ne 烏青又腳跛呢？」

阿何師解釋講：「佢踢 ge 睡袍時節，Ngai 堵堵好著等睡袍。」

華語註解

- **分鄰舍堵着** (bun Lin Sa du do)：給鄰居碰到。
- **歸身 ne 烏青** (gui sn ne wu chiang)：全身都烏青。
- **又腳跛跛 ye** (yiu Giog bai bai ye)：又跛著腳。「跛腳」客語發音爲 Bai Giog。
- **仰會害你歸身 ne 烏青又腳跛呢** (ngiong voi hoi ngng gui sn ne Wu Chiang yiu Giog Bai no)：怎麼會害你烏青又跛腳呢？句尾「呢」客語發音 no。
- **昨暗 bu nga 餔娘當發譴** (tso am bu nga Bu Ngiong dong fad kien)：昨天晚上我太太非常生氣，「發譴」(fad kien) 就是發脾氣、生氣，「昨暗 bu」(tso am bu) 漢字應該寫做「昨暗烏」，卽是昨天晚上，因爲 am 的字尾子音 m 是閉口音，後字「烏」的發音是母音 u (ㄨ)，受到前字閉口音的影響，自然發音加上閉口子音 b，am + u = am mu = am bu，所以連音發音成 am bu，但現在許多人都用借音字寫成「昨暗晡」，「晡」原義是申時，卽下午三到五時。
- **Ngai 堵堵好著等睡袍** (Ngai du du ho zog den Soi Pau)：我剛剛好穿著睡袍。

大鑊死忒咧

阿何師故事選之八

有一擺，阿何師需要大鑊煮東西，就 lau 鄰舍借 gia ge 大銅鑊，用完，佢也準時將大銅鑊還分鄰舍。

鄰舍檢查大銅鑊時，發現有一隻細鑊對大鑊肚，就問阿何師：「lia 係 mag gai 呢？」

「哦，」阿何師解釋：「大銅鑊在 nga 屋家 ge 時節，佢 giung 一隻細鑊 ge，因為 lia 個大銅鑊係 ngia ge，佢 giung ge 細鑊 ge 應當也係 ngia ge，lau 佢母子分開，細鑊 ge 無人照顧，就做毋得。」

鄰舍聽佢恁 ne 講，想阿何師係毋係發癲 ne，但係鄰舍也無講 mag gai 話，白白賺着一個細鑊 ge，多少 we 貪心 ge 鄰舍，就歡歡喜喜收下細鑊 ge。

過一段時間以後，阿何師又愛 lau 鄰舍借大銅鑊。

鄰舍就想：「借大銅鑊分 lia 隻癲 ne，無定大鑊還 Ngai ge 時節，又會賺着一隻細鑊 ge。」所以，鄰舍就當歡喜借大銅鑊分阿何師。

Lia 擺，阿何師當久無還大銅鑊。鄰舍就上門 lau 阿何師討大銅鑊轉來。

阿何師回答鄰舍講：「Ngai 有一個壞消息，大銅鑊死忒咧，分 Ngai 埋忒咧。」

「Mag gai ？」鄰舍大聲喊出來：「你講癲話係無？鑊 Ge 係無生命 ge 東西，仰會死忒？ giag giag 還 Ngai nga ge 鑊 Ge ！」

阿何師就回答佢講：「lia 隻大銅鑊 lau 前次 giung 子 ge 大銅鑊係共隻鑊 ge，佢 giung ge 細鑊子 lia 下還在 ngia 屋家。既然大銅鑊會 giung 子，當然 ma 會死忒。」

鄰舍從此以後就再也無看着 gia ge 大銅鑊。

華語註解

- **大鑊死忒咧** (Tai Wog hsi ted le)：大鍋死掉了。華語的「鍋」客語漢字寫成「鑊」，閩南語稱為「鼎」，因為「鑊」是不常用字，所以也常改用常用字「鍋」。

- lia 係 mag gai 呢 (lia he mag gai no)：這是什麼呢？在問句時，「呢」的客語發音爲 no，但在「呢絨」(ni yung) 時，發音爲 ni。

- 佢 giung 一隻細鑊 ge (gi giung id zag se Wog Ge)：它生下一個小鍋子。客語稱生小孩叫做 giung，漢字寫做「降」，但「降」常用在其他地方客語有不同發音，例如，降下 (gong ha)，投降 (teu hong)。

- 係毋係發癲 ne (he mm he bod dien ne)：是不是發瘋了。「發」在此發音爲 bod，但「發明」是 fad min。dien ne (癲 ne) = dien + e 前字字尾子音 n 與後字 e (せ) 連音，讀成 Dien Ne。

- 多少 we 貪心 ge 鄰舍 (do seu we Tam Hsim ge Lin Sa)：多少有一點貪心的鄰居。do seu we = do seu + e = do seu we，前字字尾母音 u (ㄨ) 與後字母音 e (せ) 連音，自然發音讀成 do seu we。

- lia 隻癲 ne (lia zag Dien Ne)：這個瘋子，Dien + e = Dien Ne。

- 大銅鑊死忒咧，分 Ngai 埋忒咧 (tai Tung Wog hsi ted le，bun Ngai mai ted le)：大銅鑊死掉了，被我埋掉了。

- 仰會死忒？ (ngiong voi hsi ted)：怎麼會死掉？

- giag giag 還 Ngai nga ge 鑊 Ge (giag giag van Ngai nga ge Wog Ge)：趕快把我的鍋子還給我，giag giag 漢字寫成「遽遽」，表示快快或快些。

食 譜

阿何師故事選之九

阿何師對菜市場買一 liau 羊肉，手 kuan 等慢慢 ne 行轉屋家。路上有一個好朋友堵着佢，看着佢 kuan 一 liau 羊肉，就 lau 佢講：「Ngai 有一個燉羊肉最好 ge 食譜，你做得參考一下，包你好食。」

阿何師就講：「用嘴講 Ngai 會毋記得，lau Ngai 寫起來好無？」

好朋友就尋一張紙，將 gia ge 食譜寫到紙上。

阿何師右手 kuan 等羊肉，左手拿等食譜，繼續慢慢 ne 行轉屋家。無想着半路 we 有一隻大鷂婆突然間從天頂俯衝下來，一下就將羊肉挾走。

阿何師著驚一下，看着羊肉分大鷂婆挾走，大大聲對飛走 ge 大鷂婆喊：「挾走羊肉無用啦，食譜還在 nga 手頭。」

華語註解

- 一 liau 羊肉 (id liau yong ngiug)：一塊羊肉，liau 客語漢字寫做「料」。
- 手 kuan 等 慢 慢 ne 行 轉 屋 家 (Su kuan den man man ne hang zong Wug Ka)：手提著慢慢的走回家。kuan 就是「提」，客語漢字寫做「擐」。
- 食譜還在 nga 手頭 (Sd Pu han tsai nga Su Teu)：食譜還在我的手裡。

最後 ge 笑容

阿何師故事選之十

阿何師老 we，病殗殗 e 睡在眠床。Gia 兩個十分哀傷 ge 餔娘，知 gia ge 時日無多 we，都著伊斯蘭教套頭 ge 烏色長袍，面蒙烏色 ge 面紗，逐日對眠床頭掌等。

阿何師看着，就 lau 兩個餔娘講：「你倆儕著 ge mag gai 衫 no？ giag giag 脫忒，面洗淨來，頭 na 毛梳靚來，換著去參加宴會最時行 ge 靚衫，打扮到靚靚來。」

大餔娘就講：「En 仰會做得 no？老公病恁重，仰會有心性打扮 no？」

阿何師苦笑一下，像對自家講話，回答講：「無定著死神入屋來 ge 時節，佢看着兩個恁靚 ge 新娘，佢會帶一儕走，就毋會帶 Ngai 走。」

Lia 係阿何師最後講 ge 話，佢笑笑 we，像有多少 we 歡喜，慢慢 ne 目珠就 sab 下來。就恁 ne，阿何師就過身咧。

華語註解

- **病殗殗 e 睡在眠床** (pian ngiem ngiem e soi tsai Min Tsong)：病懨懨的睡到床上。
- **逐日對眠床頭掌等** (dag ngid dui Min Tsong teu zong den)：每天在床頭守著。
- **你倆儕著 ge mag gai 衫 no** (ngng liong sa zog ge mag gai Sam no)：你兩位穿的是什麼衣服呢？
- **頭 na 毛梳靚來** (Teu Na Mo ss jiang loi)：頭髮梳漂亮來。
- **En 仰會做得 no** (En ngiong voi zo ded no)：我們怎麼可以做呢？
- **仰會有心性打扮 no** (ngiong voi yiu Hsim Hsiang da ban no)：怎麼會有心情打扮呢？
- **無定著死神入屋來 ge 時節** (mo tin tsog Hsi Sn ngib Wug loi ge Ss Jied)：說不定死神進屋來的時候。
- **慢慢 ne 目珠就 sab 下來** (man man ne Mug Zu tsu sab ha loi)：慢慢的眼睛就閉下來。「閉眼」客語稱爲 sab Mug Zu，sab 客語漢字寫做「眨」。

阿立伯睡大目

Ah Lib Bag Soi Tai Mug

美國短篇小說作家華盛頓·阿文 (Washington Irving) 寫 ge「Rip Van Winkle」描寫一個老實伯，全名 Rip Van Winkle (立 · 凡文可)，姓「凡文可」，名「立」， 佢睡一大覺目，醒後，世界就變樣 nge。台灣華語文學翻譯成「李伯大夢」，多少 we 題無對文，因爲小說中並無講佢 bog 夢，用「李伯大睡」就較好。Lia 個故事，大家耳熟能詳，原作者文筆十分流暢可喜，改寫成客語，一定可以帶分客語讀者一個清新面貌。

出生於紐約曼哈頓，華盛頓 · 阿文 (Washington Irving, 1783 – 1859) 係美國 19 世紀最有名 ge 短篇小說作家，佢做過律師，外交官。佢寫 ge 小說反映美國 19 世紀以前 ge 鄉土氣息，最有名 ge 作品包括「阿立伯睡大目」(Rip Van Winkle, 1819)，「沉睡谷傳奇」(The Legend of Sleepy Hollow, 1820)。

本篇故事係根據華盛頓 · 阿文 ge 原文改寫，爲了適應客語讀者 lau 客語用字習慣，Ngai 係用意譯改寫方式，並毋係直接翻譯，但行文之間仍然可以感覺着華盛頓 · 阿文 ge 精采文筆。

---- 譯著者 註

凡係去過哈德順河 (Hudson River) ge 人，一定會記得卡士奇山脈 (Kaaskill Mountains)。佢係大阿帕拉奇山系 (Appalachian family) 分出來 ge 支脈，在河壩西片，隆起到看起來十分高貴 ge 海拔高度，像對四圍 ge 鄉村地區 dien 威風。每一次節氣變化，每一次氣候變化，甚至一日之間每一點鐘 ge 變化，都使得卡士奇山脈發生奇妙 ge 色調 lau 外型 ge 變化，也分遠近 ge 家庭主婦認爲係盡好 ge 晴雨表。好天同時天氣穩定時節，山頂呈現藍色或者吊菜色，在臨暗時 ge 天空畫出明顯 ge 線條。有時節，在無雲 ge 景色之間，會看着山頂像戴一頂水氣 ge 帽 we，分下山 ge 陽光照 wa 去，當像一頂榮耀 ge 皇冠。

山腳下，可以看着輕煙從村莊 ge 煙囪慢慢上升，日頭照着屋頂，在森林中映出藍色 ge 光，配合森林 ge 綠色，形成當協調 ge 景緻。Lia 係當有古典氣氛 ge 小村莊，在荷蘭人來新大陸殖民時節就建 ne，大約在彼得．史大文生 (Peter Stuyvesant) 政府初期時代[2]。有 deu 屋 ge 用從荷蘭海運來 ge 黃磚，有格 ge 窗門，前牆因爲兩片屋頂當斜，做成三角牆，屋頂並有風信雞，測量風向，屋 ge 樣式 lau 在荷蘭差毋多。

---

2 荷蘭殖民地最盛時包括現在從紐約州首府阿巴尼 (Albany)，北到德拉哇州 (Delaware)，康內特刻州 (Connecticut)，南到紐約州南半部 (New York)，新澤西州 (New Jersey)，賓州 (Pennsylvania)，馬利蘭州 (Maryland)。首府就在新庵士忒擔 (New Amsterdam)，就係現在 ge 紐約市曼哈頓南部。

彼得．史大文生 (Peter Stuyvesant 1592 – 1672) 係最後一任總督，任期 1647 – 1664 到領地分英國佔去。

就在 lia 個小村莊，lia 個分風吹雨打過 ge 細屋 ge，有一個人在 lia 位 hed le 幾下年，當時 lia 個村莊還屬於英國一省。有一個老實伯，名 Nge 係「立 · 凡文可」(Rip Van Winkle)。Gia ge 祖先曾經幫助史大文生圍攻克里斯汀拿碉堡 (Fort Christina)，非常有當時 ge 騎士精神。但係「立 · 凡文可」並無傳着祖先 ge 尚武精神，佢係老實伯，當簡單、心肝當好 ge 人。佢係一個好鄰舍，同時也係非常馴、非常服從、像常透分雞嫲啄到畏畏縮縮 ge 雞公。佢溫順 ge 性體，大家都當愛 lau 佢共下。因爲大家雖然在外面互相奉承打屁，其實在屋家全部都分 kiang 腳 ge 餔娘管死死，佢 deu ge 個性會恁軟、恁順從，全部都因爲係在屋家灶下「磨練」出來 ge，或者係門簾內訓話長期「受難」ge 結果，養成有耐性 ge 美德。有時，kiang 腳 ge 餔娘會分人認爲係可以養成忍耐 ge 福氣。

假使係恁 ne 講，老實 ge 阿立伯，實在有兩三倍 ge 福氣。

當然，佢係村莊肚所有 ge 婦人家特別喜歡 ge 人，一個厚意友善 ge 男性。所有 ge 婦人家在屋家七嘴八舌講鹹淡 ge 時節，定著會講着阿立伯 ge 八卦，也會多少 we 指責阿立伯姆 ha 擺實在管 gia 老公有 deu we 過分。村莊 ge 細人 ne，看着阿立伯行來，一定會當歡喜大聲喊佢。細人 ne 在運動場搞，佢會修理運動器材，教佢 deu 放紙鷂 we，扚玻璃珠，並講 deu 鬼故事，女巫師 ge 故事，lau 印地安人 ge 故事分細人 ne 聽。逐擺佢係閃開 gia 餔娘行到村莊來 ge 時節，定著有一群細人 ne 圍等佢，bang gia 衫尾，爬到 gia 背囊，對佢做鬼做怪，佢就完全毋會見怪，連狗 we 看着佢就毋會吠。

阿立伯 ge 性體最大 ge 錯誤就係佢對可以賺錢 ge 頭路完全無興趣，毋係佢缺乏勤勞刻苦 lau 韌性忍耐 ge 精神，因為佢可以在河壩唇 ge 大石頭坐等，用像韃靼人 ge 長矛恁重 ge 釣 bin，坐歸日 le 無講一句話，縱使歸日 le 無釣着半尾魚 nge 佢也甘願。佢可以 kia 等一支獵槍，行幾點鐘路，穿過森林，上山踏水，正打着幾隻 ge 膨尾鼠 lau 月鴿 Be。佢當肯 lau 鄰舍 ten 手，做苦事也無關係。村莊舉辦剝包黍殼比賽，佢總係走第一來參加。鄰舍 ge 婦人家常透會喊佢做 mi mi mo mo ge 事，因為佢 deu ge 老公毋肯做恁 ne ge 雜事，佢也當肯做。總下來講，佢可以 lau 村中所有人 ten 手做雜事，但係佢自家屋家 ge 頭路，像 zang 東 zang 西，或者整理自家 ge 農場，佢就完全無想去做。

事實上，佢自家也講，gia ge 農場 ngiong nge 整理都無用。Gia ge 農場係村莊中最得人惱 ge 農場，佢雖然有去整理，但會 zen 差 ge 地方總係會 zen 差。籬笆 vang 忒，牛 we 走忒或者走到菜園去食種 ge 菜。Gia 農場 ge 草 we 生到比別人 ge 農場 giag。落大水 ge 時節，農場 ge 泥常透會分大水打走，所以，祖公傳下來 ge 土地，緊來緊細，剩着一細 dab 可以種包黍 lau 馬鈴薯。歸村莊 ge 農場，就係 gia ge 農場條件最毋好。

Gia ge 細人 Ne 常透衫褲著到爛爛 kuan kuan，當像無人愛 ge 細人 ne。Lau 佢共名 ge 長子 [3]，佢歸身 ne 齷齷齪齪，lau gia 爸生來當相像，佢繼承 gia 爸著過 ge 衫褲，可能也想愛繼承 gia 爸 ge 習慣。佢像一條細馬 e 總係 ten 等母馬 ge 腳尾。佢著 gia 爸 ge 又舊又忒大 ge 馬褲，一隻手當無閒對該 kuan 等褲頭，像一個淑女在落雨天 kuan 起長裙尾共樣。

不管 ngiong nge，阿立伯係一個當快樂 ge 人，看佢 ngong ngong，但係恁 ne ge 性體運轉十分順利。佢平易近人，生活容易，白麵包烏麵包，有好食就好。佢可以爲了省一角銀甘願餓肚 Ss，也毋會煞猛做事去賺一個銀。假使係正佢自家一儕人生活，佢會當知足，嘟嘴 pun 曲過日 le。但係 gia 婦人家總係對 gia 耳公邊 ngiau ngiau ngiau ngiau，講佢懶 ss，粗心大意，常透帶麻煩轉屋

3　西方人經常將阿爸 ge 名 Ne on Lai Ye ge 名 Ne，表示傳承，lia lau 東方文化完全無共樣。

家來。朝晨、暗 bu，甚至到斷烏半夜，gia 餔娘當利 ge 舌嫲就無斷過，佢係加講兩句，像做大水 ge 話就會沖忒佢。佢正有一種當習慣 ge 回答，就係動一下肩頭，搖一下頭 na，目珠看一下，無講一句話。恁 ne ge 動作，更加引起 gia 餔娘 ge 連珠炮。所以，佢盡樂意做 ge 事情就係逃走到外背，老實講，外背正係驚餔娘 ge 老公 ge 天下。

阿立伯在屋家唯一 ge 朋友就係 gia 該條狗 we，名喊「旺虎」[4]，佢也 lau gia 主人共樣當像常透分雞嫲啄到驚驚縮縮 ge 雞公。因爲阿立伯姆毋會分 lia 條狗 we 好面色，認爲佢 lau gia 主人共樣恁懶 ss，又常透走出去，影就無看着。實際上，「旺虎」做爲一條忠犬，佢在大山森林肚打獵，非常風神，勇氣十足。但係該 deu 勇氣 lau 婦人家舌嫲 ge 厲害比起來，就差多咧。逐擺「旺虎」一行到屋肚，gia ge 所謂勇氣 lau 風神馬上毋見忒，尾 liab liab be，驚驚縮縮用目珠斜看阿立伯姆，像會分佢牽去斬頭樣 nge。「旺虎」一看着掃把柄或者钁鏟柄，就會低聲 ngo 一下，gieg gieg 走到門背去。

4　「旺虎」係原文 "Wolf" ge 客語音譯，英文 ge 意思係「狼」。

時間一年一年過去，夫妻關係越來越久，情況就越來越差。阿立伯姆潑辣 ge 脾氣毋會因爲年紀較大變到較溫柔，gia ge 舌嫲因爲用當多，顛倒還較利。長久以來，阿立伯會安慰自己，行到村莊中一間細旅館面前樹下 ge 長凳板。Lia 個位所，算得係村人常透來集會 ge 所在，有國王喬治三世陛下 5 面色健康紅潤 ge 肖像貼着旅館壁上。村莊 ge 聖賢、哲學家 lau 其他閒人常透都會來到 lia 打嘴鼓，在又長又害人無精打采 ge 熱天，講 deu 無聊 ge 村中八卦，或者談 deu we 會害人 dug 目睡 ge 鹹淡。有時佢 deu 會拈着外地人留下來 ge 舊報紙，佢 deu 就會大大聲討論時事，值得政客行前來聽。德里·凡班摩 (Derrick Van Bummel) 係學校校長，人生來矮，常透西裝畢挺，但係有學問 ge 人，講話當慢，經常引用字典盡難尋着 ge 字，對於發生 ge 時事，佢可以 lau 大家講幾下個月。

5　英國國王喬治三世陛下 His Majesty George the Third (1738 – 1820)，1760 年登基。

村莊 ge 意見領袖係族長尼可拉·衛德 (Nicholas Vedder)，佢係細旅館 ge 頭家。佢逐日都在 gia 旅館面前坐到暗，ten 等大樹影 sai 位，準確到像一個量時間 ge 日規。佢當少講話，菸筒 bog 無停。村莊 ge 大人物全部都係 gia ge 信徒，雖然佢無 mag gai 講話，信徒也當瞭解佢，因為佢聽着無歡喜 ge 事情，佢就會用力 bog gia 菸筒，像當發譴 ge 噴出菸來。但係佢係歡喜時節，佢就會慢慢吸一大口菸，慢慢吐出來，做一個寧靜和平 ge 菸圈。有時，佢會從嘴拿下菸筒，香味 ge 菸轉到鼻公，用力 ngam 頭，表示認可佢聽着 ge 話。

連 lia 像可以避難保護自家 ge 位所，阿立伯最後總會分 ngi ngi ngiau ngiau ge 潑婦尋着。佢不管大家對 lia 坐 liau，會大大聲對 ge 喊阿立伯轉來。連威嚴使人尊敬 ge 族長尼可拉·衛德都驚 gia 像刀 we 恁利 ge 舌嬤，因為佢講就係族長尼可拉·衛德教壞 gia 老公，正會變到恁懶 Ss。

可憐 ge 阿立伯，希望變成絕望，可以離開農場 ge 工作 lau 囉囉嗦嗦 ge 餔娘唯一 ge 方法，就係 kia 等 gia ge 獵槍，走到大樹林肚去。在 lia 位，佢可以坐到大樹下，帶來 ge 飯糰 lau 共樣受着迫害 ge 旺虎分享。「可憐 ge 旺虎，」佢會恁 ne 講：「Ngia ge 女主人害你過恁 ne ge 狗 we 生活，無關係，有 Ngai 在 lia 照顧，Ngai 係你最好 ge 朋友！」旺虎會搖尾表示留戀 gia 主人。Ngai 相信狗 we 係有心，佢會用全心來報答 gia ge 主人。

在一個秋高氣爽 ge 天氣，阿立伯漫步在山肚，不知不覺

kieg 到卡士奇山脈最高 ge 地方。佢當好打膨尾鼠，自家一儕人對 ge 聽又過再聽佢自家打獵 ge 銃聲。氣急又 kio ye，佢就坐到石壁下分草 we 舖等 ge 細泥堆。從樹縫間，佢可以對高處看着下背 ge 樹林 lau 村莊。遠遠 ge 哈德順河，宏偉氣派 ge 河水，反射出紅雲，安靜又壯觀，慢慢流下去。移動 ge 帆船，在光滑廣大 ge 河面，慢慢在高地後背消失。另外一片，佢向下看着山下當深 ge 幽谷，石壁下堆滿破碎 ge 石片，反射出日頭下山 ge 光線。阿立伯對該想東想西，天慢慢暗，大山青色 ge 影將山谷遮忒。佢感覺着斷烏以前可能轉毋到屋，但係佢想着 gia 餔娘，不知不覺 teu 一下大氣。

佢愛下山 ge 時節，忽然聽着有人對該喊:「阿立伯！阿立伯！」佢轉身看，無看着 mag gai，正看着一隻老鴉 e 飛過山。佢想佢可能想忒多，ang go 行下山。毋過，佢又 ang go 聽着:「阿立伯！阿立伯！」同時，旺虎背囊弓起來，低低 ngo 一聲，囥到阿立伯 ge 腳下，當緊張 ge 向下看。阿立伯 lia 下有 deu we 緊張，佢也向下注意看，最後發現有一個奇怪 ge 人，當辛苦 ge kied 到石頭面頂，背囊揹等當重 ge 東西。阿立伯完全無想着在 lia 少人來 ge 所在，可以看着另外一個人，佢想可能怕係村莊附近 ge 人需要幫助，佢就 giag giag 下來想愛 ten 手。

阿立伯行到較接近時，看着 lia 個人 ge 相貌，著驚一下，佢生來當矮，係一個結實ge老人，頭na毛又zad又粗，留長ge白鬚。佢著一身荷蘭古代 ge 衫褲，無袖短衫，腰纏皮帶，著幾條褲腳對膝頭下束等 ge 長褲，最外背 ge 條 Ss Wud 頭寬鬆，幾排鈕 we 直到腳膝頭下束等。佢搬一隻看起來裝 nem 酒 ge 圓桶，lau 阿立伯 yiag 手，喊佢來 ten 搬。雖然阿立伯驚見笑又無 mag gai 相信，佢也當樂意去 ten 手共下扛，兩儕攀過分山水沖開 ge 山溝，kieg 上山。Kieg 山時節，阿立伯不時會聽着轟轟隆隆 ge 聲，像當遠對該打雷公，又像從深山谷肚傳來。山路高高低低，當毋好行，佢停下來休息一下，又聽着低沉 ge 雷公聲，時響時停，佢就再 kieg 上去。再攀過一條山溝，來到一位像露天劇場 ge 山洞，分山崖圍等，四片有大樹 Wa 伸展過來，露出藍色 ge 天空 lau 臨暗邊 ne ge 雲。共下扛酒桶 ge 時節，佢兩儕就無講話，雖然阿立伯感覺奇怪扛酒桶來到大山頂做 mag gai，恁多奇怪無辦法了解 ge 事情，佢心肚當敬畏，又想查清楚。

進入露天劇場，又有還較奇怪 ge 事情。在中間有一位較平 ge 地方，有 deu 面相古怪 ge 人對該搞九個木盎球 ge 遊戲。佢 deu 著外國風古雅 ge 服裝，束身短衫，有 deu 長袖，有

deu 短袖，腰 we ge 大皮帶掛等長刀，大部分都著褲腳束到膝頭下 ge 長褲。佢 deu ge 面相實在怪奇，有一儕頭大面闊，細粒 ge 圓目珠；另外有一儕 ge 面，當像正一個鼻公定定，圓錐形 ge 大帽 e 遮在頭 na 頂，頂背還有紅色 ge 雞公尾。佢 deu 全部都留不同樣式 lau 色目 ge 鬍鬚。有一儕看起來像做頭，佢係一個肥肥 ge 老紳士，多年風吹雨打 ge 面相，著一 liang 有花邊 ge 束身衫，大皮帶掛等長刀，頭帶有長翎毛 ge 皇帝帽，紅色 ge 長襪，高 zang ge 靴筒，全都有花結等。阿立伯看着 lia 群人，想起一幅掛到村莊牧師多米尼凡寫克 (Dominie Van Shaick) ge 客廳 ge 老扶來明 ge 油畫 (Flemish Painting) [6]。Lia 幅油畫係牧師移民新大陸時，從荷蘭帶來 ge。

阿立伯感覺最奇怪 ge 就係，雖然 lia deu 人看起來係娛樂自家，面色看起來反係當沉重，全部 diam sog sog，無講一句話，像人 ge 聯歡會顛倒有 deu we 悲傷，佢就從來毋識看着恁 ne ge「悲傷聯歡會」。唯一 ge 聲音就係木盎球發出來 ge 聲音，木盎球分人打 vang 時節，發出隆隆 ge 聲音，從山脈回聲轉來就像打雷公 ge 隆隆聲。

6　Flemish (扶來明人) 係荷蘭南部 lau 比利時北部 ge 少數民族。

阿立伯 lau gia 同伴行到接近 ge deu 人時，忽然間，遊戲停止，大家就像石膏像樣 nge 看着佢兩儕，恁無熟事，恁無禮貌，恁無光榮 ge 接待。阿立伯心肝七上八下，兩個腳膝頭 zun 到合起來。Gia ge 同伴將細圓桶 ge 酒倒到大肚酒盎肚，招手喊佢來參加 lia 群人 ge 集會。佢驚到 zun 起來，但聽信同伴，行前去參加。Ge deu 人大口大口 ge lim 酒，但就無講半句話，然後佢 deu 倒轉去搞九個木盎球遊戲。

阿立伯 ge 敬畏 lau 驚心慢慢消退，大家無注意佢時，佢膽大起來，行前去 lim 酒。佢發現 lia 係頂級 ge 荷蘭酒。佢係好酒 ge 人，所以就一杯過一杯對該 lim lia 恁好 lim ge 頂級荷蘭酒。最後，佢分酒征服，目神浮到頭 na 頂，頭 na 慢慢 lai 下來，佢沉沉 ge 對該睡忒咧。

佢睡醒 ge 時節，發現自家睡在第一次遇着 ge 位老人 ge 細泥堆。佢 lui 一下目珠，發現係好天 ge 朝晨頭，鳥 We 對樹叢跳來跳去，jig jig za za 對該唱歌，有一隻鷂婆在天頂盤旋，享受朝晨頭 ge 微風。阿立伯想：「Ngai 必定毋係在 lia 位所睡歸暗 bu。」佢反想睡前發生 ge 事情，Kia 酒桶 ge 怪老人，分水沖出來 ge 山溝，悲傷 ge 聯歡會，九 ge 木盎球遊戲，大肚酒盎……，「哎呀，大肚酒盎，真係缺德 ge 大肚酒盎，」阿立伯想：「Ngai 愛借 mag gai 理由 lau nga 餔娘講？」

佢尋 gia ge 獵槍，但係看着佢本來放一支保養到當好 ge 銃 Nge ge 地方，有一支當老舊 ge 銃 Nge 放等，銃管生 lu，銃機 lud 忒，銃柄分蟲蛀。佢懷疑山頂 ge deu 看起來當嚴肅悲傷飲酒 ge 人，tiau tiau 灌醉佢，將 gia 獵槍偷走。旺虎也毋知走到哪去 ye，但可能係去逐膨尾鼠或者松雞。佢嘟起嘴來 pun Bi Bi Ye，大聲對該喊，想愛 leu 旺虎轉來，但係無用，聽着 ge 正有佢自家 ge 回聲。

佢決定倒轉去昨暗 bu 開悲傷聯歡會 ge 位所，係堵着 ge deu 人，銃 Nge 愛 lau 佢 deu 討轉來。佢企起來愛行路 ge 時節，發現腳膝頭 ge 關節變硬，無以前恁靈活。「山頂 ge 眠床無適合 Ngai，」佢對該想：「假使 kieg 山參加聯歡會害 Ngai 著着風濕病，在屋家分 Nga 婦人家照顧到恁好，實在係一個福氣。」佢慢慢 kieg 山，佢著驚一下發現昨暗 bu lau 老怪人行過 ge 燥水溝有泉水流下來。佢費力對唇口攀過去，經過有白樺樹、黃樟樹 lau 山雞油樹 ge 雜木林，樹 We 之間當多野葡萄藤 lau 其他蔓藤，kieg 起來非常麻煩。

最後，佢 kieg 到昨暗 bu 開聯歡會 ge 山崖下露天劇場面頂，佢發現連跡就無留下來。大石頭擋等，根本就爬毋過去，還有泉水流下來，落到山下深谷，樹影遮等，一團烏影。可憐 ge 阿立伯，ngong ngong 對該企等，佢再大聲喊旺虎，回聲轉來 ge 係大樹頂燥樹 Wa 企等 ge 老鴉 e 聒聒 ge 叫聲，像對該笑阿立伯 ge 迷失。Lia 下愛仰般正好？過忒半朝晨，阿立伯無食朝，肚當飢，佢不得不當傷心放棄狗 We lau 銃 Nge，佢又當驚 gia 餔娘，但係無下山佢會在大山肚餓死。佢搖搖頭 Na，kia 等生鏽 ge 銃 Ne，滿肚煩惱 lau 愁慮，佢慢慢下山愛轉屋家。

佢會到村莊 ge 時節，堵着 ih 多人，無一個佢熟事。佢感覺着當奇怪，因爲佢想佢認識村莊所有 ge 人。Ge deu 人 ge 服裝也 lau 佢熟悉 ge 無共樣。佢 deu 全部都當奇怪 ge 看等佢，同時 mia 一下自家 ge 下 Ngam。大家恁 ne ge 動作使得佢不知不覺也 mia 一下自家 ge 下 Ngam，佢著驚一下，gia ge 鬚竟然生到有一尺長。

佢 lia 下行到村莊肚，一大群毋識 ge 細人 ne，ten 等 gia 腳尾，大聲對佢喊，並指等 gia ge 長鬚。毋識看着 ge 狗 We，看着佢行過去，也對佢吠。村莊改變當多，變較大又較多人，歸排歸排 ge 屋 Ge，佢從來毋識看過，佢熟悉 ge 屋 Ge 就毋見忒咧。門牌寫 ge 係生疏 ge 名 Nge，在窗門偷看 ge 係生疏 ge 面，逐樣事情就係恁生疏。佢心頭非常不安，佢開始懷疑佢係毋係分芒神牽着，佢身邊 ge 世界係毋係分 mag gai 法術改變。佢可以確定，雖然佢昨分日正離開去 kieg 山，lia 位所當然係佢出世、從細 hed 到大 ge 村莊。卡士奇山脈還對該位，遠方還看 ne 着銀色 ge 哈德順河，附近 ne 細山 lau Lag 坑也還在。佢百思不解，「Ge 罐大肚酒盎 ge 酒，」佢對該想：「完全將 nga ge 頭腦 med 到糊里糊塗！」

連轉屋家 ge 路都愛尋一下，等到佢尋着，佢心肝 bog bog

beu，佢想一定會聽着阿立伯姆又尖又利 ge 聲來罵佢。佢發現 gia ge 屋 Ge 變到恁爛，屋頂 lab 下來，窗門玻璃爛淨淨，門鎖 lud 忒。一條餓到瘦瘦、有多少 we 像旺虎 ge 狗 We 园到屋肚。阿立伯喊佢：「旺虎！旺虎！」但係 lia 條野狗牙森森 me，發出低聲 ngo……，像愛攻擊，恁無友善 ge 舉動，可憐 ge 阿立伯當傷心：「連 Ngai 自家 ge 狗 We 都認毋識 Ngai ！」

佢入到屋肚，老實講，以前阿立伯姆總係將屋肚 biang 到淨淨，但係 lia 下屋肚空空，像分人豁忒 ge 屋 Ge。荒忒 ge 情形，壓倒佢自溜驚餔娘 ge 心理，佢大聲對該喊阿立伯姆 lau 細人 ne ge 名 Nge，但就 diam diam 靜靜，無人答應。

佢 lia 下 giag giag 行到過去常透去 ge 老地方，族長開 ge 村莊細旅館，共樣，細旅館也毋見忒咧，變到一棟無穩固 ge 臨時建築，窗門打開開，有 deu 窗門玻璃爛忒，用舊帽 we lau 舊裙遮等。建築面前用油漆寫等：「聯合大旅館，所有人：蔣拿山．篤立忒 (Jonathan Doolittle)」。以前分大樹影遮等 ge 荷蘭式細旅館，lia 下伸着一支光禿禿 ge 旗桿，盡頂高像戴等一頂睡帽，一個旗 Ye 分風吹到飛揚起來，旗 Ye 係當特別 ge 星 Ne lau 長條 ge 圖樣。Lia 全部對佢就係完全無熟悉，過一暗 bu 就變到恁 ne，

佢也完全無辦法了解。但係佢認識國王喬治三世紅潤 ge 肖像，因爲佢以前在國王肖像面前，安安靜靜 bog 過當多菸斗菸。毋過，連 lia 張相片就變樣 nge，紅色外套變成藍色間有米黃色 ge 軍裝，國王權杖變成一支軍刀，頭戴左右兩片尖 ge 捲邊帽，下背寫等大字：「華盛頓將軍」。

門前還像以前人來人往，但係無一儕人佢可以記起來。連 ge deu 人 ge 特點都無共樣，本來行路慢慢 ne、懶懶散散、恬靜無活潑，lia 下就變到忙忙亂亂、行路又 gieg，又好爭論。佢希望看 ne 着面大大、雙下 Ngam、bog 長菸斗、歕當多菸、無 mag gai 愛講話 ge 族長尼可拉·衛德，但係 ngiong nge 尋就尋毋着。佢也想尋拿等舊報紙高談闊論 ge 凡班摩校長，佢也尋無。Lia ge 位所，有一個又瘦又壞看 ge 傢伙，衫袋裝當多傳單，對該又激動又大聲發表演說，講 mag gai 公民權利、選舉、國會議員、自由、班克山之戰 [7]、76 年 ge 英雄 [8]，等等。迷惘 ge 阿立伯完全聽毋識佢講 ge mag gai 話。

阿立伯灰白 ge 長鬚，生鏽 ge 獵槍，老舊 ge 粗衫褲，lau 有一群大人細子 ten 等佢，恁 ne ge 情況馬上引起住旅館 ge 政客 ge

---

7 班克山之戰 (Battle of Bunker Hill) 1775 年 6 月 17 日發生在美國麻州查理鎮班克山，美國民兵 lau 英軍大戰，雖然英軍戰贏，但係死傷慘重，全部撤退到波士頓城內。美國民兵信心大增，認為完全可以 lau 訓練有素 ge 英軍作戰，並獨立成功。

8 1776 年美國民兵隊，由鼓手 lau 吹笛手行頭前，愛上戰場打獨立戰爭。有一幅紀念 ge 油畫掛在美國國會圖書館。

注意。Ge deu 政客圍等佢，當好奇 ge 從 gia 頭 na 看到腳下。有一個講話溜溜滾 ge 政客，拉佢到一邊，急忙催問佢：「你愛選哪片 ge 人？」阿立伯完全分佢搞糊塗。另外一個又矮又當無閒 ge 傢伙拉佢到另外一邊，ne 起腳尾，對 gia ge 耳公唇問佢：「你係聯邦黨 ya 係民主黨[9]？」阿立伯共樣完全無了解 lia 個問題。有一位自認重要又判斷清楚 ge 老紳士，頭戴三角帽，用手向前撥開群衆，企到阿立伯面前，一手插腰，一手 kia 等一支 Gu 杖 Nge，佢當利 ge 目珠 lau 尖尖 ge 三角帽，像會看穿心靈，用當嚴肅 ge 口氣問：「Man 人帶 lia 儕 kia 等銃 Nge，後背 ten 等一大群人，來到 lia 選舉？佢係毋係愛來村莊暴動？」阿立伯當緊張，喊起來：「天哪！ lia 位紳士。Ngai 係艱苦人，恬恬靜靜，一生人 hed 到 lia 村莊。Ngai 係國王最忠實 ge 臣民，上帝保佑國王！」

看鬧熱 ge 大群人聽 nga 着，一下就大大聲喊起來：「佢係托利黨員[10]，托利黨員，一個間諜，一個流亡者，捉起來，帶去官廳！」大家吵吵鬧鬧，ge 儕自認爲重要人物戴等三角帽 ge 老紳士喊大家毋好吵，佢用十倍嚴肅 ge 神情再問 lia 位可能 ge 罪犯來做 mag gai ？愛尋 Man 人？可憐 ge 阿立伯當恭順 ge 回答講，佢毋會害人，佢係來尋常透來 lia 位所 ge 旅館 liau ge 老鄰舍定定，

9　建國初期，美國政黨大約分聯邦黨 (Federalist) lau 民主共和黨 (Democratic-Republican)，經過不同階段演變，聯邦黨慢慢變成現在 ge 共和黨 (Republican)，民主共和黨慢慢變成現在 ge 民主黨 (Democratic)。

10　托利黨員 (Tory) 英國傳統保守 ge 政治人物，觀念係「上帝，國王，國家」，反對美國獨立。

佢毋會害人。「照你恁 ne 講，你到底愛尋 Man 人？」

阿立伯想一下，問：「族長尼可拉．衛德在哪位？」

群衆 diam 靜一下，有一個老人家用一種微弱但又高又尖 ge 聲回答：「Mag gai 呀，尼可拉．衛德？佢十八年前就過身 ne，教堂後背有 gia ge 木牌，恁久 we，可能連木牌都腐爛忒 lio。」

「布籃．達查 lia 下在哪位？」

「哦，戰爭一開始，佢就去從軍，有人講佢在激烈攻打石頭點 (Stony Point)[11] 時陣亡，又有人講，佢在安東尼鼻角 (Antony's Nose)[12] 腳下哈德順河邊突然捲起暴風時，分水浸死，大家都毋知到底發生 mag gai 事情，反正佢就無倒轉來。」

「凡班摩校長 lia 下又在哪？」

「佢也去從軍，戰爭時成爲一名將軍，lia 下係國會議員。」

聽着老鄰舍、老朋友有恁悲傷 ge 大變化，阿立伯心肝頭一沉，佢感覺着自家一儕人變到當孤 hsi。佢得着所有 ge 答案都分佢當迷惘，佢睡一暗 bu 目定定，但像已經過忒當長 ge 時間。佢也無辦法了解 mag gai 戰爭、國會、石頭點；佢已經無勇氣再問其

---

11 1779 年 6 月 15 日，在現在紐約市西北角 ge 石頭點，美國獨立軍發動攻擊英國駐軍，戰事非常慘烈，最後美軍撤退。

12 位置在現下紐約市西北片，哈德順河邊，現在成為登山最好 ge 地方。

他老朋友 ge 情形，佢當絕望 ge 大聲喊出來，再問：「有人知立·凡文可無？」

「哦，立·凡文可！」有兩三個人喊出來：「哦！你看 ben 到大樹邊 ge 儕人，就是立·凡文可。」

佢看着一儕 lau 佢上山時節當相像 ge 人，看起來共樣恁懶 Ss，衫褲共樣著到爛爛 kuan kuan。阿立伯 lia 個可憐 ge 人，lia 下完全搞毋清楚佢係 Man 人，佢自家係立·凡文可？也係別人？正當佢昏亂不清 ge 時節，戴三角帽 ge 人問佢係 Man 人，佢安到 mag gai 名。

「唉喲！老天公伯正知 Ngai 係 Man 人，」佢喊起來，想就無辦法再想：「Ngai 係 Man 人？ Ngai 係別儕人，ben 到大樹下 ge 儕後生！ Ngai 係著等 nga ge 鞋 ge 別儕人。昨暗 bu Ngai 係 Ngai 自家，Ngai 對山頂睡一覺目，Nga ge 銃 Ne 變腐爛忒 le，所有 ge 事情都改變忒 le，Ngai 也變忒 le，Ngai lia 下毋知 Ngai 係 Man 人，也毋知 Ngai on 到 mag gai 名。」

看鬧熱 ge 人聽着佢恁 ne 講，大家就 Ngai 看你，你看 Ngai，互相使目色，手 kia 到額頭面頂想看清楚 lia 恁奇怪 ge 事情。

大家議論紛紛，戴三角帽 ge 人想一下後，建議先沒收 gia ge 銃 Ne，免得發生危險。在 lia 緊要關頭，有一個氣色當好、十分秀麗 ge 婦人 jiam 出人群，想愛看一下 lia 位生有長白鬚 ge 人。佢攬等 gia ge 生到圓嘟嘟 we ge 細人 Ne。Lia ge 細人 ne 看着鬚 gu 恁長 ge 老阿公，驚到噭起來。婦人 guai 佢：「阿立 Gu，毋好叫，你 lia ge Ngong Nge，老阿公毋會害你。」阿立伯聽着細人 ge 名 nge，注意婦人 ge 神情 lau gia ge 聲音，激起佢心中一連串 ge 回憶，佢問婦人：「請問貴姓大名？」

「茱蒂絲 · 佳登尼。」

「Ngia 爸 ge 上姓大名？」

「啊，可憐 ge 人，立 · 凡文可就係 gia ge 名 Nge，佢二十年前 kia 等銃 Nge 離家上山，從此就無轉來，gia ge 狗 we 又有轉來呦。係毋係佢分自家 ge 銃 Nge 打着，也係分印地安人捉走，就無人知 ya。Ge 時節，Ngai 正係一個細妹子 e。」

Lia 下阿立伯正還有一個問題愛問，聲音變到結結舌舌：

「Ngia 姆 lia 下在哪？」

「哦，佢正過身無幾久，佢 lau 新英蘭來 ge 賣雜貨 ge 生理人打毋堵好，血管爆忒，就過身 ne。」

阿立伯聽後，有多少 we 安心，至少佢係恁 ne 想。Lia 位老實伯再也無辦法控制自家，佢捉等攬細人 Ne ge 妹 Ye ge 手，喊出聲來：「Ngai 係 Ngia 爸啊！曾經係後生 ge 立．凡文可，現在變到老立．凡文可。有 Man 人知立．凡文可無？」

大家都當著驚對該企等，最後有一個老婦人家，慢慢行出來，手 kia 到額頭頂，詳細看一下阿立伯 ge 面，大聲喊出來：「毋會差，佢就係立．凡文可！你總算轉來 ye，歡迎，nga 老鄰舍。Lia 恁長 ge 二十年，你到底去哪位？」

阿立伯 ge 故事馬上傳出去，因爲二十年對佢來講正一暗 bu 定定。鄰舍聽着有恁 ne ge 事情，全部都目珠 bag 當大，有 deu 鄰舍會互相使目色，半開玩笑講 lia ge 奇聞。Ge 位自認爲重要人物戴三角帽 ge 人，看緊張 ge 情形已經過忒 le，也離開 ye，佢搖搖頭，無再提起 lia 個事情，但 ge deu 在場 ge 鄰舍，大家都當著驚，竟然有恁 ne ge 事情。

大家看着彼得．文德東 (Peter Vanderdonk) 慢慢行過來，都想愛問 gia ge 意見。彼得共名 ge 祖先係歷史學家，佢曾經寫本省最早 ge 歷史紀錄。彼得係最早搬來 lia 個村莊 ge 居民，對村莊鄰舍所有發生 ge 事情 lau 傳統都非常熟悉。佢馬上記得阿立伯，也十分確認阿立伯 ge 故事。佢 lau 朋友鄰舍保證，從 gia ge 歷史學家 ge 祖先傳下來，就知卡士奇山脈常透有不可思議 ge 東西來，lia 係一個事實。更可以確定 ge 係發現哈德順河 lau lia 一大片土地 ge 偉大 ge 船長漢利．哈德順 (Hendrick Hudson)[13] 每二十年就愛轉來看一下。Gia ge 半月號大船 ge 船員常透會倒轉來看佢發展 ge 事業，同時監視用 gia 姓安名 ge 大河 lau 城市。彼得講，gia 爸曾經看着 ge deu 船員著等老時荷蘭衫褲，在山洞搞九木盎球遊戲，佢自家有一擺在熱天 ge 下晝頭，也識聽着大木盎球滾動 ge 聲，當像當遠響 ge 雷公聲。

聽忒阿立伯 ge 故事，鄰舍朋友慢慢散忒，轉去討論選舉 lia 過較重要 ge 事情。阿立伯 ge 妹 Ye 接佢轉屋家共下戴。Gia 妹 Ye 有一棟當舒適、裝潢當好 ge 屋 Ge，lau 一個粗壯結實、明亮活潑 ge 農夫老公。阿立伯想起 lia 個後生就係以前常透 kieg 到 gia 背囊 ge 細猴 Gu。阿立伯自家 ge Lai Ye lau 佢生到當相像，就係 ge 儕 ben 到大樹 ge 後生，在別人 ge 農場做工，傳着 gia 爸 ge 性格，自家屋家 ge 工作無一撇，好 dab 別人 ge 事情。

阿立伯 lia 下回復到當好行上行下 ge 習慣，佢當 giag 就再發現當年 ge 老朋友，毋過老朋友已經分二十年時間磨到老 gi gi ye，所以佢還較愛 lau 下一代 ge 後生共下。

---

13 漢利．哈德順 (Henry Hudson，荷蘭名：Hendrick Hudson，約 1565 – 1611 失蹤) 係 17 世紀英國航海家，發現加拿大 lau 美國東北方土地。1609 年在荷蘭東印度公司資助之下，在現下 ge 紐約市登陸，並為了愛尋到亞州 ge 航路，gia ge「半月號」(Half-Moon) 大船駛入紐約 ge 大河壩，後來 lia 條大河壩就安名為哈德順河 (Hudson River)。

阿立伯在屋家無做 mag gai，佢又到 we 可以推懶毋會分人講 ge 快樂年紀，佢再去以前常透去 ge 旅館面前凳 Nge 坐等 liau。佢 lia 下變成一位分鄰舍尊敬 ge 長者，佢常透會講獨立戰爭以前 ge 故事，ge deu 以前 ge 八卦，lau ge deu 佢在山頂睡大目以前 ge 事情，ngiong 會發生革命戰爭，美國 ngiong nge 脫離大英帝國 ge 枷鎖，從英國 ge 臣民變成美國 ge 自由公民。實際上，阿立伯並毋係一個政客，一個自由國家 lau 帝國 ge 變化在 gia ge 觀念中非常模糊。佢受着一個專制政府長期壓迫係來自女人當權 ge「裙帶政府」，所以佢當 tiong lia 一切已經結束，佢分餔娘扼等 ge 頸筋，總算解開來 ye，佢愛去哪就可以去哪，毋使驚專制 ge 阿立伯姆。見擺係有人講着阿立伯姆，佢會頭 na 搖一下，肩頭停動一下，目珠看一下，一副無奈何 ge 表情，可能表示佢當認命，也可能表示一種解脫 ge 快樂。

佢常透會 lau 篤立忒先生 ge 旅館人客講 gia ge 故事，有人發現佢會多少改變故事內容，因爲受着佢睡大目醒後發生恁多事情 ge 影響，慢慢 ne 故事內容正定型下來。Ngai 對故事細節記得當清楚，因爲毋係從鄰舍 ge 大人細子聽來 ge。有 deu 人會懷疑故事 ge 眞實性，因爲佢當時 lim 到當醉，可能有幻想。但係荷蘭 ge 老鄰舍，全部相信有 lia 個故事。連到 lia 下也無人識聽着卡士奇山熱天當晝傳來 ge 雷公聲，但係佢 deu 會講漢利．哈德順船長 lau 船員對該搞九個木盎球。可能大家都希望老鄰舍所有驚餔娘 ge 老公，可以從阿立伯講 ge 大肚酒盎中得到安慰。

華語註解

- **並無講佢 bod 夢** (bin mo gong gi bod mun)：並沒有說他作夢。bog 客語漢字寫做「發」，例如，發冷 (bod lang)，發寒 (bod hon)，發病 (bod pian)，但「發」在「發生」(fad sen)，「發明」(fad min) 時唸 fad。

- **十分高貴 ge 海拔高度，像對四圍 ge 鄉村地區 dien 威風** (sb fun go gui ge Hoi Pad Go Tu，chiong dui hsi vi ge Hiong Tsun Ti Ki dien Vi Fun)：十分高貴的海拔高度，像跟四周圍的鄉村地區展現威風。dien 漢字寫做「展」，炫耀客語稱爲「展風神」(dien Fun Sn)。但「發展」(fad zan)，「展覽」(zan lan) 時發音爲 zan。

- **係盡好 ge 晴雨表** (he chin hoi ge Chiang Yi Biau)：是最好的晴雨表。「晴」客語發音爲 chiang。

- **前牆因為兩片屋頂當斜，做成三角牆** (Chien Chiong yin vi liong pien Wug Dang dong chia，zo sn Sam Gog Chiong)：歐洲或北美地區因常下雪，爲避免積雪壓垮屋頂，屋頂的斜度都很大，便於積雪滑下來。

- **有一個人在 lia 位 hed le 幾下年** (yiu id ge Ngin tsai lia Vi hed le gi ha Ngien)：有一個人在這裡住了很多年，hed 就是住，漢字寫做「歇」。

- **像常透分雞嫲啄到畏畏縮縮 ge 雞公** (chion tsong teu bun Gie Ma dug do vi vi sud sud ge Gie Gung)：像常常給母雞啄到畏畏縮縮

的公雞。「啄」客語發音爲 dug。

- **全部都分 kiang 腳 ge 餔娘管死死** (chion pu du bun Kiang Giog ge Bu Ngiong gon hsi hsi)：全部都給厲害的太太管得死死的。「Kiang 腳」客語有人寫成「慶腳」，但「慶」在其他地方發 kin，例如，慶祝 (kin zug)。

- **指責阿立伯姆 ha 擺實在管 gia 老公有 deu we 過分** (zz zeg Ah Lib Bag Me ha bai sd tsai gon gia Lo Gung yiu deu we go fun)：指責阿立伯母有時候實在管她的老公有些過分。「ha 擺」：有時候，漢字寫成「下擺」。

- **扚玻璃珠** (diag Bo Li Zu)：快速的彈玻璃珠。「扚」(diag) 是用手指快擊。

- bang gia **衫尾** (bang gia Sam Mi)：拉他上衣的尾巴。bang 客語漢字寫做「挷」。

- **用像韃靼人 ge 長矛恁重 ge 釣 bin，坐歸日 le 無講一句話** (yun chion Tad Tad Ngin ge Tsong Mau an tsong ge Diau Bin，tso gui Ngid Le mo gong id gi Fa)：客語講釣竿爲「釣 bin」，漢字寫做「釣檳」，「坐歸日 le」：坐一整天。

- **佢自家屋家 ge 頭路，像 zang 東 zang 西** (gi tsts ga Wug Ka ge Teu Lu，chion zang dong zang hsi)：自己家裡的工作，像修理東、修理西。zang 是修理，客語漢字寫做「整」，「zang 東 zang 西」就是整東整西，「整」在「整理」(zn li) 發音不同。

- **鄰舍 ge 婦人家常透會喊佢做 mi mi mo mo ge 事** (Lin Sa ge Fud

Ngin Ga tsong teu voi ham gi zo mi mi mo mo ge Se)：鄰居婦人常常會叫他瑣瑣碎碎的工作。mi mi mo mo，漢字寫做「微微毛毛」，又有人說 mi mi mia mia，漢字寫做「微微摸摸」，都是瑣碎的工作。「事」在此發音爲 Se，就是工作。

- **會 zen 差 ge 地方總係會 zen 差** (voi zen tsa ge Ti Fong zung he voi zen tsa)：會發生問題的地方總是會發生問題。「zen 差」：發生問題，客語漢字寫做「爭差」。

- **籬笆 vang 忒** (Li Ba vang ted)：籬笆倒下來。vang 客語漢字寫做「橫」。

- **伸着一細 dab 可以種包黍 lau 馬鈴薯** (tsun do id se dab ko yi zung Bau Hsiug lau Ma Lang Su)：剩下一小塊可以種玉米和馬鈴薯。dab 客語漢字寫做「搭」。「伸着」是客語的「剩下」，「伸」客語發音爲 tsun，例如，伸手 (tsun su)。

- **Gia ge 細人 Ne 常透衫褲著到爛爛 kuan kuan** (gia ge Se Ngin Ne tsong teu Sam Fu zog do lan lan kuan kuan)：他的小孩常常衣服穿得破破爛爛，lan lan 是很破爛，kuan kuan 表示破爛得常須用手提起來，kuan 漢字寫做「擐」，用手提起。

- **佢歸身 ne 齷齷齪齪** (Gi gui Sn Ne oh oh zo zo)：他全身都是髒兮兮的。

- **佢像一條細馬 e 總係 ten 等母馬 ge 腳尾** (Gi chion id tiau se Ma e zung he ten den Mu Ma ge Giog Mi)：他像一隻小馬總是跟著母馬的腳跟後，ten 漢字寫做「跈」。

- **一隻手當無閒對該 kuan 等褲頭** (id zag Su dong mo han dui ge kuan den Fu Teu)：一隻手常常忙著提起褲頭。kuan 漢字寫做「擐」，用手提起。

- **嘟嘴 pun 曲過日 le** (du Zoi pun Kiug go Ngid Le)：撅起嘴唇吹口哨過日子，pun 是吹氣，漢字寫做「歕」。

- **gia 耳公邊** ngiau ngiau ngiau ngiau (dui gia Ngi Gung bien ngiau ngiau ngiau ngiau)：在他耳邊碎碎念。

- **唯一 ge 朋友就係 gia 該條狗 we** (vi id ge Pen Yiu tsu he gia ge tiau Gieu We)：唯一的朋友就是那條狗兒，「該」當「那」時，發音爲 ge，例如，該條 (ge tiau) 是那條，該兜 (ge deu) 是那些，但「應該」發音爲 yin goi，「該當何罪」發音爲 goi dong ho tsui。

- **尾 liab liab be** (mi liab liab be)：尾巴夾在雙腿下。liab 客語漢字寫做「擸」。liab liab be = liab liab + e 前字字尾子音 be 與後字母音 e 連音，讀成 liab liab be。

- **談 deu we 會害人 dug 目睡 ge 鹹淡** (tam deu we voi hoi Ngin dug Mug Soi ge Ham Tam)：談些會讓人打瞌睡的八卦，「dug 目睡」就是打瞌睡，dug 漢字寫成「啄」。

- **ten 等大樹影 sai 位** (ten den tai Su Yang sai vi)：跟著大樹的影子移動，ten 漢字寫做「跈」，就是「跟」，sai 漢字寫做「徙」，就是遷徙、移動。

- **佢就會用力 bog gia 菸筒，像當發譴 ge 噴出菸來** (gi tsu voi yung lid bog gia Yen Tung，chion dong fad kien ge pun tsu Yen loi)：

他會很用力地抽他的菸筒，像很生氣地噴出菸來。「bog 菸」bog 漢字寫做「口字旁，加博字的右邊」，電腦無此字。

- **用力 ngam 頭** (yung lid ngam Teu)：用力點頭，ngam 漢字寫做「頷」。
- **阿立伯最後總會分 ngi ngi ngiau ngiau ge 潑婦尋着** (Ah Lib Bag zui heu zung voi bun ngi ngi ngiau ngiau ge Pad Fu chim do)：阿立伯最後總會被囉哩囉嗦的潑婦找到。ngi ngi ngiau ngiau 是囉哩囉嗦，嘴裡咕噥的聲音的客語說法。
- **佢不管大家對 lia 坐 liau** (Gi bud gon Tai Ga dui lia tso liau)：她不管大家在這裡坐著休息聊天，lia 就是這裡，liau 漢字寫做「尞」是個借音字，客語有玩、休息、聊天等意思。
- **kia 等 gia ge 獵槍** (kia den gia ge Liab Chiong)：扛著他的獵槍，kia 漢字寫做「擎」。
- **走到大樹林肚去** (zeu do tai Su Na du hi)：跑到大樹林裡去。「林」在此客語發音爲 na，例如，「開山打林」(koi San da Na)。
- **不知不覺 kieg 到卡士奇山脈最高 ge 地方** (bud di bud gog kieg do Ka Ss Ki San Mag zui go ge Ti Fong)：不知不覺攀爬到卡士奇山脈最高的地方，kieg 是攀爬，漢字寫成「蹶」。
- **氣急又 kio ye** (hi gib yiu kio ye)：氣急又累了。kio 漢字寫做「病字頭，裡面是彖字」，普通電腦無此字。
- **從樹縫間** (chiung Su Pung gien)：從樹與樹的縫隙間。

- **當辛苦 ge kied 到石頭面頂 (dong hsin ku ge kieg do Sag Teu mien dang)**：很辛苦地爬到石頭上面。kieg 就是很辛苦的爬，漢字寫做「蹶」。

- **佢就 giag giag 下來想愛 ten 手 (gi tsu giag giag ha loi hsiong oi ten su)**：他很快地下去想要幫助他。giag giag 很快的，漢字是「遽遽」，ten 手：伸出援手，ten 有個不常用客語漢字，提手旁，右邊上面是「劵」的上半部，下面是「巾」，電腦無此字。

- **頭 na 毛又 zad 又粗 (teu na mo yiu zad yiu tsu)**：頭髮又密又粗。zad 表示很密，漢字寫成「揤」，很不常用的字。

- **最外背 ge 條 Ss Wud 頭寬鬆 (zui no boi ge tiau Ss Wud Teu kon sung)**：最外面那條到屁股變得寬鬆。Ss Wud Teu 漢字寫做「屎朏頭」或「尸朏頭」。

- **佢搬一隻看起來裝 nem 酒 ge 圓桶 (Gi ban id zag kon hi loi zong nem Jiu ge Yen Tung)**：他搬一個看起來裝滿酒的圓捅，「隻」(zag)，「裝 nem」裝滿，nem 漢字寫做「淰」，很不常用的字。

- **lau 阿立伯 yiag 手，喊佢來 ten 搬 (lau Ah Lib Bag yiag Su，hem gi loi ten ban)**：向阿立伯招手，叫他來幫助搬。yiag 手：招手，yiag 漢字寫成「揲」。

- **四片有大樹 Wa 伸展過來 (hsi pien yiu Tai Su Wa tsun zan go loi)**：四邊有大樹枝伸展過來，樹 Wa 漢字寫做「樹椏」。

- **佢 deu 全部都留不同樣式 lau 色目 ge 鬍鬚 (Gi deu chion pu du liu bud tung Yong Sd lau Sed Mug ge Fu Hsi)**：他們全部都留有不

同樣式與顏色的髫鬚。客語稱顏色為「色目」。

- **著一 liang 有花邊 ge 束身衫** (zog id liang yiu Fa Bien ge Sug Sn Sam)：穿一件有花邊的束身上衣，liang 漢字寫做「領」，客語說衣服一件為「一領」。

- **高 zang ge 靴筒** (go zang ge Hio Tung)：高跟的長筒靴。客語稱腳跟為「腳 Zang」，zang 漢字寫成「月肉旁，右邊爭字」，電腦無此字。

- **全部 diam sog sog** (chion pu diam sog sog)：全部都非常安靜，diam 漢字寫成「恬」。

- **兩個腳膝頭 zun 到合起來** (liong ge Giog Chid Teu zun do hab hi loi)：兩個膝蓋顫抖得合起來，zun 就是發抖，漢字寫做「顫」。

- **Ge deu 人大口大口 ge lim 酒** (Ge deu Ngin tai heu tai heu ge lim Jiu)：那些人大口大口的飲酒，lim 漢字寫成「口字旁，右邊林字」，普通電腦無此字。

- **佢 lui 一下目珠** (gi lui id ha Mug Zu)：他揉一下眼睛。

- **jig jig za za 對該唱歌** (jig jig za za dui ge tsong Go)：嘰嘰喳喳在那裏唱歌，客語漢字寫作「吱吱喳喳」。

- **有一支當老舊 ge 銃 Nge 放等，銃管生 lu，銃機 lud 忒，銃柄分蟲蛀** (yiu id gi dong lo kiu ge Tsung Nge biong den，Tsung Gon sang Lu，Tsung Gi lud ted，Tsung Biang bun Tsung zu)：有一支非常老舊的槍放著，槍管生鏽，槍機掉下來，槍柄給蟲蛀了，sang

Lu 就是生鏽，客語漢字寫做「生鏀」。

- **tiau tiau 灌醉佢** (tiau tiau gon zui gi)：故意灌醉他，tiau tiau 漢字寫做「挑挑」。
- **佢嘟起嘴來 pun Bi Bi Ye** (gi du hi Zoi loi pun Bi Bi Ye)：他嘟起嘴來吹口哨，pun 是嘴吹氣，漢字寫做「歕」，Bi Bi Ye 就是哨子，因為是嘟嘴吹，所以是口哨。
- **想愛 leu 旺虎轉來** (hsiong oi leu Wong Hu zon loi)：想要招旺虎回來，leu 是向狗招手呼叫，漢字寫做「嘍」。
- **堵着 ih 多人，無一個佢熟事** (du do ih do Ngin，mo id ge gi sug ss)：碰到好多人，沒有一個他認識，「ih 多」(ih do) 是很多，客語漢字寫做「已多」，熟事 (sug ss) 就是認得，認識。
- **同時 mia 一下自家 ge 下 Ngam** (tung ss mia id ha Tsts Ga ge Ha Ngam)：同時摸一下自己的下巴，mia 漢字寫做「摸」，「下 ngam」漢字寫做「下頷」。
- **佢可以確定，雖然佢昨分日正離開去 kieg 山，lia 位所當然係佢出世、從細 hed 到大 ge 村莊** (Gi ko yi kog tin，sui yen Gi Tso Bun Ngid zang li koi hi kieg San，lia Vi So dong yen he Gi tsud se、chiung se hed do tai ge Tsun Zong)：他可以確定，雖然昨天才離開去爬山，這地方當然是他出生、從小住到大的村莊。昨分日 (Tso Bun Ngid) 有些地方的客語講 Tso Bu Ngid，寫做借音字「昨晡日」，客語稱出生為出世 (tsud se)，hed 是住，漢字寫做「歇」。
- **附近 ne 細山 lau Lag 坑也還在** (fu kiun ge Se San lau Lag Hang

ya han tsoi)：附近的小山與小溪也還在，「Lag 坑」漢字寫做「壢坑」。

- **完全將** nga ge **頭腦** med **到糊里糊塗** (van chion jiong nga ge teu no med do fu li fu tu)：完全把我的頭腦搞到糊里糊塗。「med 到」客語漢字寫做「搣到」，「搣」(med) 意思是作弄，或搞。

- **佢心肝** bog bog beu (gi Hsim Gon bog bog beu)：他的心怦怦跳，beu 漢字寫做「飆」。

- **屋頂** lab **下來** (Wug Dang lab ha loi)：屋頂塌下來，lab 漢字寫做「塌」，客語發音爲 lab。

- **以前阿立伯姆總係將屋肚** biang **到淨淨** (yi chien Ah Lib Bag Me zung he jiong Wug Du biang do chiang chiang)：以前阿立伯母總是把屋內整理得乾乾淨淨，biang 客語意思爲整理或打理，漢字寫成「摒」。

- **壓倒佢自溜驚餔娘** ge **心理** (ab do gi tsts liu giang bu ngiong ge hsim li)：壓倒他一向怕太太的心理。客語講「一向」爲「自溜」(tsts liu) 或「溜裏來」(liu li loi)。

- lia **下伸着一支光禿禿** ge **旗桿** (lia ha tsun do id gi gong tu tu ge Ki Gon)：現在剩下一支光禿禿的旗桿，「剩下」客語稱做「伸着」(tsun do)。

- **連** ge deu **人** ge **特點都無共樣** (lien ge deu Ngin ge Tid Diam du mo kiung yong)：連那些人的特點都不一樣，ge deu 就是「那些」，漢字寫做「該兜」。

- **佢希望看 ne 着面大大、雙下 Ngam、bog 長菸斗、歕當多菸、無 mag gai 愛講話 ge 族長尼可拉．衛德** (Gi hi mong kon ne do Mien tai tai，sung Ha Ngam、bog tsong Yen Deu、pun dong do Yen、mo mag gai oi gong Fa ge Tsug Zong Ni Ko La·Vi Ded)：他希望看得到臉大大、雙下巴，噴出很多菸、不太愛講話的族長尼可拉．衛德。「看 ne 着」看得到，「下 Ngam」下頷，ngam 漢字是「頷」，也就是下巴，「bog 菸」抽菸。

- **ne 起腳尾，對 gia ge 耳公唇問佢** (ne hi Giog Mi，dui gia ge Ngi Gung sun mun gi)：提起腳跟，在他的耳朵邊問他，ne 漢字寫做「躡」，腳跟提起，腳尖著地，客語稱爲「躡」(ne)。

- **一手 kia 等一支 Gu 杖 Nge** (id Su kia den id gi Gu Tsong Nge)：一手拿著一支柺杖，「Gu 杖 Nge」就是手杖或拐杖，kia 漢字寫做「擎」。「Gu 杖」就是手杖，客語漢字寫做「怙杖」。

- **一生人 hed 到 lia 村莊** (id sen Ngin hed do lia Tsun Zong)：一輩子住在這村莊，hed 漢字寫做「歇」。

- **佢係來尋常透來 lia 位所 ge 旅館 liau ge 老鄰舍定定** (gi he loi chim tsong teu loi lia Vi So liau ge Lo Lin Sa tin tin)：他是來找常常到這地方來玩的老鄰居而已，liau 客語有聊天、玩耍等意思，有人用借音字寫成「尞」，與漢字原意差很多。

- **佢感覺着自家一儕人變到當孤 hsi** (gi gam gog do chid ga id sa Ngin bien do dong gu hsi)：他感覺到自己一個人變得很孤單，「孤 hsi」就是孤單，漢字寫做「孤悽」。「自家」有人發音爲 tsts ga，也有人發音爲 chid ga。

- **佢得着所有 ge 答案都分佢當迷惘** (Gi ded do so yiu ge Dab On du bun Gi dong mi mong)：他得到所有的答案都給他很迷惘，「分佢」(bun gi)：使得他。

- **你看 ben 到大樹邊 ge 儕人** (Ngng kon ben do Tai Su bien ge sa ngin)：你看靠在大樹的那個人，ben 就是華語的靠，漢字寫成「凴」。

- **有一個氣色當好、十分秀麗 ge 婦人 jiam 出人群** (yiu id ge hi sed dong ho、sb fun hsiu li ge Fu Ngin jiam tsud Ngin Kiun)：有一個氣色相當好、十分秀麗的婦人擠出人群，jiam 就是華語的「擠」，客語漢字寫成「尖」，當動詞用。

- **驚到噭起來** (giang do gieu hi loi)：害怕到哭起來，「噭」是客語的「哭」，與常用字「叫」同義，但台灣客家人常以古漢字「噭」代表客語的哭。

- **婦人 guai 佢：阿立 Gu，毋好叫** (Fu Ngin guai gi：Ah Lib Gu，mm ho gieu)：婦人哄他：小阿立，不要哭；guai 漢字寫成「拐」，有哄、拐誘的意思；Gu 是雄性幼兒，漢字寫成「牯」；「叫」客語是「哭」，有人用古漢字「噭」，華語的「叫」客語稱爲「喊」(hem)。

- **Ngai 正係一個細妹子 e** (Ngai zang he id ge Se Moi Zz e)：我才是一個小女孩兒。

- **全部都目珠 bag 當大** (chion pu du Mug Zu bag dong tai)：全部都眼睛張很大，bag 是張開，客語漢字寫做「擘」。

- **阿立伯 ge 妹 Ye 接佢轉屋家共下戴** (Ah Lid Bag ge Moi Ye jiab Gi zon Wug Ka kiung ha dai)：阿立伯的女兒接他回去一起住，客語稱一起住爲「共下戴」。

- **阿立伯想起 lia 個後生就係以前常透 kieg 到 gia 背囊 ge 細猴 Gu** (Ah Lib Bag hsiong hi lia ge Hau San tsu he yi chien tsong teu kieg do gia Boi Non ge Se Heu Gu)：阿立伯想起這個年輕人就是以前常常爬到他背部的小猴子，客家人常稱小男孩，尤其是調皮的小男孩爲「細猴牯」。

- **好 dab 別人 ge 事情** (hau dab Ped Ngin ge Ss Chin)：好管別人的事情，dab 就是管，客語寫做「搭」。

- **毋過老朋友已經分二十年時間磨到老 gi gi ye** (mm go Lo Pen Yiu yi gin bun ngi sb ngien Ss Gien mo do lo gi gi ye)：不過老朋友已經被二十年的時間磨到老態龍鍾了，客語稱老態龍鍾爲「老 gi gi ye」。

- **佢當 tiong lia 一切已經結束** (gi dong tiong lia id chied yi gin gieg sug)：他很高興這一切已經結束。客語稱很高興爲「當 tiong」，tiong 客語漢字寫成「暢」。

- **佢分餔娘扼等 ge 頸筋，總算解開來 ye** (Gi bun Bu Ngiong ag den ge Giang Gin，zung son gie koi loi ye)：他給他太太扼著的脖子，總算解開來了。

一條桌巾
Id Tiau Zog Gin

「桌巾」就係鋪到桌面頂 ge 布 we，所以又有客家人講「桌布」。有 deu 人當講究，會在布面繡花，鋪到桌面就當好看。

紐約布碌崙區 (Brooklyn) 有一間老教堂，因爲當舊，需要修整。有一對年輕 ge 牧師夫婦分教會派來修整 lia 間老教堂，準備重新開幕。

牧師夫婦訂下時間表，算好日 Le，每日修整一 hsid le，準備聖誕夜舉行重新開幕 ge 禮拜。

聖誕節前一禮拜，所有 ge 工作按照進度，差毋多完成。無想着紐約地區連落兩日大雨。聖誕節前三日，牧師到教堂去看時，水對屋頂細縫 Nge 流下來，祭壇後背壁 ge 油漆脫忒一大片。

牧師心頭涼忒半截，愛仰結煞？佢緊掃地泥就緊想解決 ge 辦法，係毋係延期開幕，取消聖誕夜做禮拜？後來，佢想，還有兩日，一定可以解決恁 ne ge 問題。

佢轉屋家 ge 路上，堵着當地企業聯合舉辦像跳蚤市場恁 ne ge 慈善義賣會，佢就行入去看看 na。佢看着有一條大桌巾，象牙色，中央繡有大大 ge 十字，看起來十分靚，佢量一下寸尺，堵堵好遮忒後壁油漆脫落 ge 部分，佢當歡喜買下 lia 條桌巾，倒轉去教堂。

Lia 個時節，開始落雪，緊落緊大，有一個老太太從對街走過來愛坐巴士，但係巴士正走忒，佢無赴着。下一 bion 巴士愛四十五分鐘正來，牧師請佢入教堂來避風雪，教堂肚也較燒暖。

牧師開始去搬梯 Ye，將該下買 ge 大桌巾掛到壁上，堵堵好遮忒油漆脫落 ge 地方。

「感謝主，」牧師看等掛好 ge 桌巾，十分滿意 ge 講：「完美至極！」

突然，佢注意着老太太行到面前來，目金金 me 看桌巾，面色轉白，像當緊張 ge 問牧師：「Lia 條桌巾，你對哪位拿來 ge ？」

牧師就將前因後果講分佢聽。

老太太聲音 zun 起來問：「你看 lia 條桌巾右下角係毋係有繡 EBG 三隻字母？」

牧師檢查一下桌巾 ge 右下角，果然發現有 EBG 三隻繡字。

EBG 三隻字母就係老太太名 Nge ge 縮寫。Lia 條桌巾係三十五年以前，老太太在故鄉奧地利親手繡 ge。

老太太 lau 牧師講：「三十五年前，Ngai lau Nga 先生 hed 在奧地利，屋家 ih 有錢，算係好額人。Nazi 來後，Ngai 兩儕分 Nazi 壓迫離家，Ngai 先行，Nga 先生一禮拜後正走。後來，Ngai 分 Nazi 送到集中營，再也無看着 Nga 先生。二戰結束後，Ngai 千辛萬苦來到美國，也毋識轉去奧地利 ge 屋家。」

牧師聽佢講到恁眞切，就愛將桌巾送還老太太，但係老太太顚倒愛牧師留下來分教堂用。

牧師堅持愛駛車送老太太轉屋家。老太太 hed 在史泰登島，逐禮拜來布碌崙做清潔工。

三日後，教堂順利在聖誕夜重新隆重開幕。歸間教堂坐 nem nem ge 人，禮拜音樂 lau 氣氛都當好，大家都講下禮拜還愛再來集會。

禮拜結束 le，一個鄰舍老先生還在教堂長凳坐等無離開，牧師認識 lia 個老先生。

老先生問牧師：「請問牧師，lia 條桌巾對哪拿來 ge ？」佢繼續講：「戰前 Ngai 住在奧地利，Nga 餔娘用手繡一條桌巾，lau lia 條當相像，世界上竟然有恁相像 ge 桌巾！」

老先生 lau 牧師講，佢 lau gia 餔娘因爲 Nazi 侵略奧地利，兩儕分散，gia 餔娘先離開，佢隨後正走。無想着佢分 Nazi 捉去坐 Long Nge，戰後，佢得着猶太人協會 ge 幫助，移民到美國來，從此以後，佢就無轉過屋家，也無 ang go 看着 gia 餔娘。

牧師聽着佢恁 ne 講，失神起來，毋過馬上反醒，佢問老先生：「Ngai 駛車載你去逛街愛無？」

「好啊，」老先生講：「你係有興趣，Ngai 可以 lau 你講 Nga ge 故事。」

牧師駛到史泰登島一間公寓面前，三日前佢送老太太轉屋家 ge 所在。佢扶等老先生行到三樓，在老太太 ge 門前 kim 一下門鈴。

牧師親眼看着一場分人非常感動 ge 聖誕團圓！

本篇根據紐約楊宜宜牧師提供 ge 資料，客語改寫。

原文登在多年前 ge 讀者文摘 "A Tablecloth made a Couple Reunion"。

華語註解

- **有 deu 人當講究** (yiu deu ngin dong gong giu)：有些人非常講究。deu 有人借音寫成客語漢字「兜」。
- **需要修整** (hsi yeu hsiu zang)：需要整修，客語「整」(zang)，在此是修理，但「整理」發音為 Zn Li。
- **每日修整一 hsid le** (mi Ngid hsiu zang id hsid le)：每天整修一些些，id hsid le 漢字寫做「一息仔」。
- **愛仰結煞** (oi ngiong gad sad)：要怎麼辦？
- **佢轉屋家 ge 路上** (Gi zon Wug Ka ge Lu hong)：他回家的路上，「路上」原發音為 lu song，產生音變為 lu hong，但目前大都寫成漢字「路項」，這個「項」應為客語借音字。
- **一定可以解決恁 ne ge 問題** (id tin ko yi gie gieg an ne ge Mun Ti)：一定可以解決這樣的問題。
- **佢無赴着** (gi mo fu do)：他沒有趕上車。
- **下一 bion 巴士** (ha id bion Ba Ss)：下一班巴士，bion 漢字寫做「枋」。
- **將該下買 ge 大桌巾掛到壁上** (jiong ge ha mai ge Tai Zog Gin gua do Biag hong)：將剛才買的大桌巾掛在壁上。
- **完美至極** (van mi zz kid)：完美至極。「至極」客語發音為 zz

kid。zz 的前一字母 z 爲子音，後一字母 z 爲子音式母音，子音加母音成爲一個字音 zz。

- **老太太聲音 zun 起來問** (Lo Tai Tai Sang Yim zun hi loi mun)：老太太聲音顫抖起來問，zun 漢字寫做「顫」。
- **係毋係有繡 EBG 三隻字母** (he mm he yiu hsiu EBG sam zag Ss Mu)：是不是有繡 EBG 三個字母。客語稱一個字爲一隻字 (id zag Ss)。
- **Ngai lau Nga 先生 hed 在奧地利** (Ngai lau Nga Hsin Sang hed tsai Au Ti Li)：我和我先生住在奧地利，hed 漢字寫做「歇」。
- **屋家 ih 有錢，算係好額人** (Wug Ka ih yiu Chien，son he Ho Ngiag Ngin)：家裡很有錢，算是有錢人，「ih 有錢」漢字寫做「已有錢」。客家人稱有錢人爲「好額人」(Ho Ngiag Ngin)。
- **老太太 hed 在史泰登島，逐禮拜來布碌崙做清潔工** (Lo Tai Tai hed tsai Ss Tai Den Do，dag Li Bai loi Bu Lug Lun zo Chin Gieg Gun)：老太太住在史泰登島，每星期來布碌崙做清潔工。
- **歸間教堂坐 nem nem ge 人** (gui gien Gau Tong tso nem nem ge Ngin)：整間教堂坐滿滿的人，nem nem 表示滿滿，nem 漢字寫做「淰」。
- **戰前 Ngai 住在奧地利** (zan chien Ngai tsu tsai Au Ti Li)：戰前我住在奧地利。
- **無想着佢分 Nazi 捉去坐 Long Nge** (mo hsiong do gi bun Nazi zog

hi tso Long Nge)：沒想到他給納粹捉去坐牢。Long Nge 客語漢字寫成「囹仔」。

- **也無 ang go 看着 gia 餔娘** (ya mo ang go kon do gia Bu Ngiong)：也沒再看到他的太太。
- **Ngai 駛車載你去逛街愛無** (Ngai ss Tsa zai ngng hi gong Gie oi mo)：我開車在你去兜風要嗎？兜風客語稱爲逛街，亦有客家人說成「浪街」(long gie)。
- **在老太太 ge 門前 kim 一下門鈴** (tsai Lo Tai Tai ge Mun chien kim id ha Mun Lang)：在老太太門前按一下門鈴，kim 漢字寫做「撳」。

一杯牛乳
Id Bi Ngiu Nen

故 事

美國 ge 高中生，自家會開始學習經濟獨立，所以會出去做像送報紙、傳單 lau 沿門推銷 ge 工作，賺 deu 小錢。有一日，在美國馬利蘭州 ge 小市鎮，有一個高中工讀生一家一家去推銷商品，到過晝 we，肚 Ss 當飢，佢摟一下衫袋，發現正有一角銀美金定定，佢想：「Ngai 到下一家 ge 時節，希望能討 deu 東西來食。」

佢行到下一個家庭，Kim 一下門鈴，開門 ge 係 lau 佢差毋多年紀 ge 小姐，佢一下就無勇氣 lau 小姐討飯食，改口講嘴渴，想討一杯水來食。小姐看出工讀生可能肚當飢，就拿一大杯牛乳分佢，佢慢慢將牛乳食忒以後，問小姐：「Ngai 愛付分你幾多錢？」

「一分錢都毋使付，」小姐回答：「媽媽教 Ngai，對人愛有愛心，毋好求人報答。」

工讀生講：「十分承蒙，Ngai 從心肚感謝妳！」

Lia 個工讀生名安到霍華 · 楷利 (Howard Kelly)，食忒該杯牛乳以後，佢不但感覺體力十足，想着小姐 ge 好心，佢對 lia 個世界充滿信心。

當多年以後，小姐大 ye，也結婚變成一個婦人 ne。有一日，婦人得病，非常嚴重，當地 ge 醫生完全無辦法，就轉送到大都市 ge 醫院。院長看着婦人 ge 病情嚴重，請多位專科醫師來會診。

霍華·楷利醫師也去參加討論，佢看着婦人住所 ge 小市鎮名，佢心肝頭震動一下，就直接行到病房大樓到婦人 ge 病房。

楷利醫師第一眼就認出婦人就係多年前拿一大杯牛乳分佢食 ge 小姐。

佢轉到病情討論室，決定盡 gia ge 力量挽救婦人 ge 性命。從該日起，佢對婦人 ge 病情特別注意。

經過一段長時間 ge 努力，lia 場戰爭最後打贏 nge，婦人康復起來。

楷利醫師請行政部門將婦人 ge 醫藥費帳單拿分佢審核，佢看一下之後，在醫藥費帳單簽名，並加註一行字。

當時醫療保險還 mang 開始，婦人在病房收着醫藥費帳單，佢毋敢打開來看，佢想，lia 筆醫藥費，佢可能一生人就還毋完，心肚非常擔心。後來，佢拿出勇氣，將帳單打開來看，忽然，佢看着帳單邊一行字：「已經用一杯牛乳付清所有費用」(Paid in full with one glass of milk)，並由霍華．楷利醫師簽字。

佢又歡喜又感動到兩隻目珠充滿目汁，佢合掌拜，細聲對心肚感謝：「承蒙您，全能 ge 上帝，係 Ngia ge 相惜，充滿人間 ge 心 lau 雙手。」

事實

文學家爲了寫出來 ge 文章能夠感動讀者，常透將一個極爲平常 ge 事情加以美化，甚至不惜改變情節。「一杯牛乳付清醫藥費」係一個事實，霍華．楷利醫師 (Dr. Howard Kelly, 1858 – 1943) 也係眞有其人。佢係美國巴地摩 (Baltimore) 目前世界盡有名 ge 約翰霍普京斯醫院 (Johns Hopkins Hospital) 四個創辦人之一。佢也係約翰霍普京斯大學 ge 教授，並首先創辦婦科 lau 產科醫學 lau 婦產科外科手術。

根據楷利醫師從十七歲開始寫 ge 日記，一杯牛乳付清醫藥費係眞實 ge 事情，可以從 gia ge 日記中發現，但毋係像文學家美化寫出來 ge 故事。因爲霍華．楷利家境相當好，無需要去做工讀生推銷商品。佢對研究大自然當有興趣，所以常透去kieg山。佢本來想愛做自然科學家，一直到大學四年級，gia 爸鼓勵佢將 gia ge 才能用到對社會有益處，又可以賺錢 ge 地方，所以佢轉爲學醫學。佢係在有一擺 kieg 山時節，因爲嘴當渴，向經過 ge 農家討一杯水食，農家分佢一杯牛乳，眞實情節非常簡單。

楷利醫師向有錢人收 ge 醫藥費非常高，常透受着批評，但係佢對窮苦人常透無收錢。窮苦人看病多，估算起來，有差毋多百分之七十五 ge 病人，佢根本都無收錢。同時佢還會付錢派護士去看窮苦 ge 病人。

結論：

- 楷利醫師家境好，從來無去一家一家推銷商品。佢係去 kieg 山時節嘴渴向農家討一杯水食，農家小姐分佢一杯牛乳。
- 農家小姐以後去看楷利醫師，係一個普通病人，毋係得到嚴重 ge 病。
- 楷利醫師無收農家小姐 ge 醫藥費係一個事實，但楷利醫師四個病人中，有三個病人也無收錢。

感謝紐約楊宜宜牧師提供的資料

Dr. Howard Kelly and a Glass of Milk，客語改寫。

華語註解

- **一杯牛乳** (id bi Ngiu Nen)：根據台灣客語拼音方案，國語「牛奶」客語稱爲「牛乳」，「乳」的客語發音爲 nen。
- **佢摟一下衫袋** (gi leu id ha Sam Toi)：他在衣服口袋撈一下。
- **Kim 一下門鈴** (kim id ha Mun Lang)：按一下門鈴，kim 漢字寫做「撳」。
- **想討一杯水來食** (hsiong to Id Bi Sui loi sd)：想討一杯水來喝。客語吃固體或液體食物都可以用「食」，例如，「食飯」，「食水」，「食茶」，「食牛乳」。
- **媽媽教 Ngai，對人愛有愛心** (Ma Ma gau Ngai，dui Ngin oi yiu Oi Hsim)：「媽媽」是華語的稱呼，但現在也成爲客語詞彙，客語本來的稱呼是「吾姆」(Nga Me)。
- **lia 場戰爭最後打贏 nge** (lia tsong Zan Zen zui heu da yang nge)：這場戰爭最後打贏了。「贏 nge」(yang nge) = yang + e = yang nge 前字字尾子音 ng 與後字母音 e 連音，讀成 yang nge。
- **當時醫療保險還 mang 開始** (dong ss Yi Liau Bo Hiam han mang koi ss)：當時醫療保險還未開始，mang 就是「還沒有」，客語漢字寫做「盲」。
- **常透去 kieg 山** (tsong teu hi kieg San)：常常去爬山，kieg 漢字寫成「蹶」。
- **係 Ngia ge 相惜** (he Ngia ge Hsiong Hsiag)：是您的愛。華語的「愛」客語稱爲「惜」，「相惜」是更深層照顧的愛。

輕鬆讀客語
世界民間故事篇

Reading Hakka Made Easy
World Folktales in Hakka

中華民國一一〇年四月三十日　　初版發行
著　　者　黃瑞循 譯著　蘇清守 審訂
封面設計　羅美雪
發 行 所　**大 陸 書 店**
發 行 人　張勝鈞
地　　址　台北市衡陽路 79 號 3 樓
登 記 證　行政院新聞局局版北市業字第一〇三六號
郵撥帳號　0001548-5 號　大陸書店帳戶
電　　話　(02) 23113914・23310723
傳　　眞　(02) 2307 1666

網路書店　**www.talubook.com**
客服信箱　talu@talubook.com
客服專線　(02) 2314-7389

版權所有・翻印必究　All rights reserved.